印心石

世情小說系列

新校版

高陽

目次

人生如戲

台上還在跳加官，春熙班掌班老何，已拿頂紅纓帽往頭上一套；找到藩司的跟班，低聲請教：

「二爺，回頭點戲是先請撫台點，還是先請客人點？」

「自然是客人。」

「客人姓朱。我管他叫朱老爺還是朱大人？」

「朱大人。現任的兵部侍郎，跟撫台一樣戴紅頂子，當然叫朱大人。」

「兵部侍郎不是京官嗎？怎麼會一直在浙江？」

「這你就不懂了！這朱大人——。」

這「朱大人」叫朱士彥，字休承，號詠齋，江蘇寶應人，嘉慶七年壬戌的探花；現任兵部左侍郎，在道光五年放出來當浙江學政。

三年差滿回京，船過蘇州，地方官照例有一番酬應。由於現任江蘇巡撫陶澍，是朱士彥一榜的翰林；白頭同年，情深誼切，大家看在本省長官的分上，接待得格外殷勤。藩司本來已大大地請過一次客，只以朱士彥酷好戲曲，而不巧的是頗負盛名的春熙班，應聘去了吳興，前天方回蘇州；因而藩司再度張宴，為的是讓他終於能一聆春熙班當家小旦秋官那條珠圓玉潤的嗓子。

等跟班講完，加官也跳完了；老何隨便抓了頂紅纓帽套在頭上，疾趨到首席首座面前，屈一腿打個扦，雙手展開戲摺子說：「請朱大人點戲！」

朱士彥不看只問：「你班子裡有個秋官？」

「是！」

「拿手的是甚麼？」

「《雙官誥》、《牡丹亭》——。」

「就是《雙官誥》吧！」

「是！」老何答應著轉到第二席。

第二席自然是半客半主的陶澍首座；等老何請點戲時，他也是不看只問。

「朱大人點的是甚麼？」

「《雙官誥》。」

「《雙官誥》！」陶澍想到戲中的碧蓮，三十年前的往事，風起雲湧地奔赴心頭。

三十年前的陶澍，是湖南安化縣一個沒沒無聞的窮秀才。但是，認識陶澍的人，常會拿他作話題，而且往往引起爭議；有人藐視，有人重視。藐視他是因為他窮，脾氣又壞；說他如茅廁中的踏腳石，又臭又硬。

重視他的人為他辯護，窮且益堅，志氣不墮，即此便難能可貴。何況滿腹經綸，一貌堂堂，將來必成大器。

旁人去論短長，無損於寒窗苦讀的陶澍；不幸地，有一天在他未來的岳家中，竟也出現了這樣的爭議。

陶澍是十歲上定的婚；聘的塾師孫伯葵的獨生女兒巧筠。

陶孫兩家是鄰居，內眷往來，極其親密。巧筠比陶澍大一歲，從小姊姊、弟弟叫得很親熱。

孫太太喜歡陶澍本性忠厚；有意無意地，一再表示，希望能有陶澍這樣的女婿。但陶太太卻不大中意巧筠；論貌，從小便看得出來，長大來定是美人，可惜性情好勝而輕浮，將來不會是個賢淑的妻子。

看看幾次提起，陶太太裝作不解；孫太太自覺沒趣，連陶家都不大走動了。陶太太倒覺得老大過意不去；不結這門親，連交情都會不終，內心著實不安。因此，到有一次孫太太又作試探時，她說了老實話。

「要說到巧筠的模樣兒，我是打心裡就疼她；求到這樣的兒媳婦，還有甚麼話說？實在，我是怕高攀不起；嬌生慣養的小姐，委屈不起。」

「陶大嫂，你別這麼說！」孫太太有些不服氣，「巧筠跟她父親讀了幾年書了；三從四德的道理，慢慢也懂了。再說，雲汀不是沒出息的人，也委屈不著巧筠。陶大嫂，我們像親姊妹一樣，莫非你就不願意雲汀替我女兒掙一副誥封？」

聽得這幾句話，陶太太不僅是感動，而是激動；兩人互以「大嫂」相稱，陶太太急急答說：「孫大嫂，你這樣子看得起雲汀，我如果再說甚麼，就顯得不識抬舉了。將來只要雲汀有出息，一副誥封一定是巧筠的。」

「雲汀一定有出息；我女兒也是有福氣的。陶大嫂，」孫太太笑殷殷地說：「從現在起，我就管陶大哥叫親家老爺了。」

沒有想到，這位「親家老爺」，第二年就一命嗚呼；接著陶太太也由於傷寒不治，使得十一歲的陶澍，一下子變成父母雙亡的孤兒。

但是，這個孤兒並未因坎坷的命運而磨蝕了他的志氣；遠出傭工，卻從未一日拋開書本。主人鄰家的西席，看他好學，偶爾也指點指點；陶澍天生穎慧，舉一反三，進境遠比鄰家正式從師的子弟來得神速。

因此，陶澍在十六歲上便中了秀才。孫太太便跟丈夫商量，說女兒十七歲了，不如早早替小兩口完了婚，女婿的衣食起居，有人照應，才能安心用功，力求上進。

「你倒說得容易！」孫伯葵翻著白眼說，「他拿甚麼來養我家女兒？」

「是一家人了，我們又只有一個女兒；當然現在我們養女婿，將來女婿養我們。」

「哼！」孫伯葵鼻子裡哼了一下，連口都懶得開。

「那末，你說，到甚麼時候才能替他們完婚？女兒大了，總不能老耽誤著。」

「起碼也要等他中了舉人。」

頭一年秋天中了舉人，第二年春天聯捷成了進士，便是「一舉成名天下知」，也就馬上可以做官吃皇家的俸祿了。孫太太心想這個打算也不錯；隨又問道：「今年考不考舉人？」

「今年癸丑，只有會試，沒有鄉試。後年乾隆六十年乙卯，皇上登基花甲一周開恩科；明年有鄉試。」

「那就再等一年看！」

孫太太悄悄叫侍女秋菱去跟陶澍說，務必好好用功，等明年一中了舉人，立刻辦喜事。至於到省城鄉試的盤纏，要他不必擔心：到時候一定會替他預備好。

本就在埋頭苦讀的陶澍，得此一番叮嚀，自然格外用功。

但不幸地，孫太太白等了一年；陶澍落第了。

「別灰心！」秋菱傳她主母的話說，「太太說，明年再來過。」

陶澍搖搖頭，不作聲。倒不是他灰心；只是去了一趟長沙省城，見聞既廣，覺得應該做些經世致用的學問，譬如漕運、鹽務、水利，弊病何在，要怎麼樣改革？老在八股文中討生活，就中了進士做了官，又何補國計民生？

用功還是用功；秋菱每趟去送食物、送衣服，總看他忙忙碌碌地查書做文章，連多說句話都不肯。可是，孫伯葵卻知道，陶澍用的功，與考試無關。

「窮書獃子，出不了頭了！」他向他妻子說，「都是你，錯拉了這門親。」

「你看著好了！」孫太太也不服氣，「總有一天你會佩服我的眼光。」

「那一天？」孫伯葵瞪著眼問，「如果有那一天，只怕巧筠的頭髮都白了。」

孫太太暗暗嘆口氣，看著出落得豔如春花的女兒，心裡也不免著急，轉眼二十歲，再耽誤豈不變成了老小姐？

孫伯葵當然瞭解妻子的心情；而且希望她有此心情——孫太太愈著急，他的打算愈容易成功。

安化第一美人

茶坊酒肆中有個流言在傳布：陶秀才窮得娶不起親，要將孫家的婚約退掉了。

這是孫伯葵放出去的風聲；作用是想另釣一個金龜婿。風聲很快地傳入一家大戶，第二天便託人到孫家來說媒。

來的是個媒婆，姓劉；儘管她能言善道，但遇見孫太太，點水滲不進去，「劉媒婆，你一定弄錯了！」她說，「陶家並沒有來退婚；就想退也不能！我家小姐已經姓了陶，絕不能再姓吳。」

來求婚的大戶姓吳，千頃良田，兩世惡名。老子叫吳良，外號「無良」；獨子叫吳少良，便喚做「小無良」。想求孫家這門親，是吳良爭面子，娶了這個全村的第一美人作兒媳婦，是多麼值得誇耀的一件事！當然，吳少良更是喜心翻倒，興奮得連覺都睡不著了。

因此，當劉媒婆回報孫太太如此峻拒時，吳少良竟承受不住這個打擊而懨懨成病。這一來，逼得吳良非設法將孫家女兒，變成吳家媳婦不可！

「無風不起浪！退婚的話，一定有來歷的。」吳良叮囑劉媒婆，「你再替我去打聽。」

「老早打聽過了，大家都說，聽是聽人這麼說，也不知道是真是假？」

「那麼，陶秀才呢？你該託人到陶家去打聽、打聽看。」

「不用吳老爺關照，早打聽過了，陶秀才說，沒有這回事。」

吳良想了一回又問：「陶秀才說這話的時候，是怎麼個樣子？是氣呢；還是著急？」

「也不氣，也不著急。平平淡淡地，倒像沒有這回事的模樣。」

「噢！」吳良「噗嚕嚕」、「噗嚕嚕」地抽著水煙，沉吟了好一回說：「十之八九，有這回事。窮秀才死要面子，不肯明說而已。」

「吳老爺是怎麼看出來的呢？」

「我跟你說，不是謠言；有人造這個謠言，他要生氣，更要著急；怕岳家真有這個意思，故意放出風聲去。如今平平淡淡，像沒有這回事，就是已經知道有這回事，自然用不著大驚小怪。」

「那麼，」劉媒婆又起勁了，「吳老爺，你看我該怎麼辦呢？」

「你後天來聽回音，我會告訴你該怎麼辦。」

等到媒婆一走，吳良隨即發帖子，請孫伯葵吃飯；其實是吃花酒——安化縣城有個私娼，外號「張小腳」；原是販賣水銀、硃砂的大商人張老四的下堂妾。貌僅中姿，而且年紀三十開外，即使是美人，亦已遲暮，可是身價極高。因為張小腳工於應酬，善於詞令；看客人的身分、性情，有各種不同的談吐。住處本是人家荒廢的花園，用圍牆割取一角，借它高槐老柳的清蒼之氣，卻不見殘垣頹屋的荒涼之跡；圍牆裡面原為五楹敞軒，她鳩工重修，隔成三間，由西而東，第一間是大廳；第二間起坐；第三間便是她的香巢。布置得精雅宜人，不帶絲毫風塵氣息；能在此飛觴醉月的，不是達官，就是巨賈。不過安化到底是小地方，除了外縣慕名而來的訪客以外；本地人在這裡設席請客，一個月不過五、六次，其中一半是吳良作主人。

接到請帖，孫伯葵又驚又喜。差堪溫飽的塾師，也沒有甚麼闊氣的朋友，所以張小腳之名雖嚮往已久，卻總無緣問津；這是孫伯葵一直不釋於懷的憾事，不道意想不到地竟有了彌補的機會。

他想，自己跟吳良連點頭之交都算不上，居然發帖相邀，而且帖子上註明：「專誠奉邀，以申敬意，不敢再約他客瀆擾。」這樣客氣，當然是為了劉媒婆碰了釘子的緣故。看起來生個漂亮女兒，讓他人享了豔福；自己也有豔福可享，真是非始料所及。

「我聽說，姓吳的下了個帖子請你吃飯。」孫太太問丈夫，「可有這回事？」

「有啊。」

「那末，你去不去呢？」

「為甚麼不去？吳良甚麼身家，他肯折節下交，我憑甚麼不給他面子？」孫伯葵緊接著說：「我總以為教蒙館教了一世，再無出頭的日子；不想時來運轉，命中有貴人。」

「你先不要高興。會無好會，宴無好宴。」孫太太說：「吳良說不定為他兒子在打我們女兒的主意。」

聽這一說，孫伯葵覺得很難表示態度；心裡一急，倒急出個計較——他心懷鬼胎，明知劉媒婆來過，故意不問不聞；這種裝傻賣獃的做法，很可以再試一回。

於是，他故意裝得很困惑地說：「替他兒子打主意？他兒子不是娶親了嗎？莫非想我們巧筠做他兒子的偏房。」

「那倒不是——。」

「不是就不要緊了！」孫伯葵搶著說：「不然，我就不能去吃他這頓酒！他把我看成甚麼人了？莫非我孫伯葵的女兒能做人家的妾？諒他也不敢存這樣的心思。」

「別說做妾，就是做太太也不行！一家女兒不能吃兩家的茶。」

孫伯葵心中冒火；但就在要發作的那一刻，很見機地把話縮了回去。他心裡在想，這件事吵不得，一吵反而會將局面弄僵。因此，他笑笑不作聲，揚長而去。

這種莫測高深的態度，使得孫太太大為擔心；悄悄向秋菱問計：要如何防備這樁婚事發生變化？秋菱想一想答說：「從來好事多磨！大太也不必擔心；只要小姐拿得定主意，到頭來老爺也不能不依她。」

這是暗示，該在巧筠身上下些工夫；但孫太太卻不能領會，她相信她女兒是個不事二夫的烈女，所以聽得秋菱的話，連連點頭，愁懷一寬。

為了顯身分，赴席不能不遲；太遲了卻又怕吳良覺得他架子太大，心中不悅。因此，孫伯葵仔細斟酌，不亢不卑，晚半個時辰到；帖子上寫的是申刻，他過了申正才到，日色已經偏西了。

「伯翁，」吳良大踏步降階相迎，一面拱手，一面笑容滿面地高聲說道：「久違，久違！」

「良翁！」孫伯葵還著禮說：「辱蒙寵召，真不敢當。」

「好說，好說！老早想親近老兄了，一直沒有機會。那天在縣太爺席上，聽學老師說起，我們安化第一位有學問的人，就要數伯翁。是故下了決心，一定要專誠向老兄請教；這裡比較清靜，地方也還過得去，所以邀請在這裡小酌。不成敬意，伯翁不要見怪。」

這番門面話，既恭敬、又親切；孫伯葵感動之情，見於形色。兩人攜手上階，下人揭開簾子，只見薄施脂粉的一個半老徐娘，笑盈盈地迎了上來。

「這位就是孫老爺了！常聽吳大爺提起，說孫老爺是真正讀書人；今天到底光臨了！」說著，襝衽為禮；神態頗為端莊。

嚮往多年的張小腳，終於有緣識面，而且是以特客的身分出現，孫伯葵心中不免得意，但也有些張皇，不知該如何稱呼？想一想只好答她一聲：「女主人，請少禮。」

於是奉茶敬果盤，張小腳很殷勤地周旋了一番；到得掌燈時，有個丫頭走來，輕聲說道：「預備好了！」

「請裡面坐吧！」張小腳隨即說道：「裡面也暖和些。」

肅客入內，那起坐間中又另是一番光景；最觸目的是烏木條案上放著一函書。開本很大，卻不厚；最觸目的是用粉紅色綾子裝裱，在孫伯葵卻是初見，不由得便多看了幾眼。

做主人的已經發覺了，微笑著說：「伯翁倒看看這廿四幅冊頁。」

原來是冊頁！孫伯葵跟了過去；只見綾面松綵箋的籤條，題著：「春風廿四譜」六字。打開函封，廿四幅冊頁，已裱成一冊，卻是松綵綾子封面，粉紅箋的籤條，一筆軟軟的趙字，題的是：「廿四番花信風圖」；下面並刊兩行小字：「十洲真跡」；「雅扶珍藏」。

「實不相瞞，所謂仇十洲的真跡，說說而已；不過東西實在不壞。」

孫伯葵已知道這是二十四幅秘藏圖。欲待不看，心癢癢地割捨不下；欲待翻閱，又覺得撕破了道學面孔，會遭人輕視。遲疑之間，不由得就想到「天人交戰」這句話；而吳良翻開冊頁，第一頁美人出浴圖已經入眼了。

既然如此，自然不必再裝偽道學；細看了圖，才發現右上角還有一方圖章，刻著一句〈長恨歌〉：「溫泉水滑洗凝脂。」

二十幅圖鈐著二十四方圖章；鐫刻的是二十四句唐詩。由「溫泉水滑洗凝脂」、「笑倚東窗白玉床」，到「英姿爽颯來酣戰」、「玉人何處教吹簫」，看得孫伯葵竟有些血脈僨張的模樣了。

吳良冷眼微笑，等他看完，隨即說道：「伯翁帶去玩吧！」

「不，不！」孫伯葵答說：「君子不奪人所好。」

「這無所謂。我還有精品，幾時找出來，再請伯翁賞玩。」說著，已找來一方包袱，親手將冊頁包好，放在靠門的茶几，以便客人帶走。

「良翁如此客氣，受之有愧，卻之不恭，以後不敢奉擾了。」

樂，不思蜀」之慨。

正中一張大方桌已設下酒食：張小腳來安席，奉孫伯葵上位坐定，敬酒布菜。肴饌精潔，主人多禮；加以有這個徐娘雖老，未顯遲暮，反覺味如醇醪，越陳越香的張小腳相陪，孫伯葵真有「此間樂，不思蜀」之慨。

「言重，言重！請坐吧！」

「今天沒有甚麼菜；只有一隻狸，三吃。」吳良帶些歉疚的語氣說，「莫嫌怠慢。」

「良翁太客氣了！如今狸的身價，大非昔比；以此珍肴相餉，還說沒有菜。」

原來安化出果子狸；黃毛白臉，所以稱為玉面狸。近年香糟玉面狸列為貢品，供不應求，所以身價大漲。孫伯葵的家境，僅堪溫飽，一年難得吃一回狸，自然視之為盛饌；在吳良卻不算一回事，不過這天請客，另有可誇耀者在。

「東西不值錢，她家的這個廚子，倒是大有來歷，曾經伺候過畢制軍。」

他說的「畢制軍」是指狀元出身的畢沅，乾隆五十一年特授湖廣總督，迄今猶在任上。現任督撫的廚子，居然在此執役，孫伯葵大為驚奇，對張小腳越發另有一番仰慕之意；而吳良彷彿視張小腳為外室，可見闊氣。這樣一層一層想下來，吳良在他心目中的地位，又大大地升高了。

且飲且談，由官場談到縉紳，由縉紳談到市井，少不得議論新聞流言。

「喔，」吳良作出突然想起的神態，「有個關於陶秀才的傳說，不知伯翁可有所聞？」

孫伯葵心中一跳；淡淡地問：「是說些甚麼？」

「說陶秀才自覺高攀令媛不上，有意退婚。」吳良略停一下，又說：「想來必是子虛烏有之事？」

孫伯葵先不作聲，考慮了好一會才說：「也不盡子虛。」

「然則陶秀才真的想退婚？」

對此一問，孫伯葵不願否認，但亦不便承認。承認是撒謊；否認則根本違反原意。他心裡在想，陶澍肯不肯退婚；孫太太肯不肯背約，都不是癥結，頂要緊的是巧筠願不願另嫁富家？

這一層尚無把握，話就不能不說得含混些。

「此事說來話長。」他這樣回答：「也是我的一樁煩惱。天下父母，那個不願兒女上進；無奈——。唉！」他嘆了口氣，沒有再說下去。

「這倒是我的不是，無端惹動了伯翁的心事。不過，我不明白——。」說到這裡，吳良發覺有小腳踢了他一下，心知不宜再說下去，便即改口：「我又錯了！不該再提。來，來，請！」

兩人對乾了一杯，張小腳提起銀壺，一面斟酒，一面說：「孫小姐是我們安化第一美人，可惜大家閨秀，我們想瞻仰瞻仰亦辦不到。」

「那裡，那裡！張嫂，你這話謙抑得過分了！」孫伯葵不暇思索地答說：「如何談得到瞻仰二字？」

「那末，就算是見識。」張小腳微笑著說：「不知道我可有見識見識安化第一美人的福氣？」

「那也不難。用我太太的名義，具帖請孫夫人、孫小姐吃個便飯；到時候你來了，不就見識到了？」

「不敢當，不敢當！」孫伯葵急忙辭謝，「內人不諳禮節，憚於應酬，她不敢領情的。」

「然則內人到府上去拜訪嫂夫人——。」

一語未畢，孫伯葵雙手亂搖：「更不敢當，更不敢當！」他說，「我說過內人不諳禮節，而且脾氣古怪；說話會得罪客人。」

何以這樣拒人於千里之外，而且理由非常牽強；吳良微感困惑，而張小腳卻別有會心，便插進來說：「西城白衣庵，重塑觀世音的金身，定在臘八節開光；白衣庵的觀音菩薩有求必應，孫老爺何不勸小姐去燒個香，許個願。那裡的當家妙淨師太，我很熟；只要關照一聲，自會盡心接待。」

「不！她不會去的。」

「是不是！」張小腳微笑著對吳良說：「大家閨秀，那裡肯讓我們這種人瞻仰？」

這是她故意激將。孫伯葵果然著急非凡；因為話中隱然指他看不起她的身分，連跟他的女兒見一面都不許。這個誤會太大了；非得有強有力的理由，無從解釋。

迫不得已，孫伯葵只好說實話，而仍是吞吞吐吐地難於出口；因為不是有面子的事。

「女孩子心眼兒窄。雖不是愛慕虛榮，總是爭強好勝的；她也知道寒素家風，荊釵布裙，不足為恥；無奈眼看人家珠圍翠繞，不免有所感觸。所以遇到人多的地方，她是從不去的。」

這一下就不但是深於世故的張小腳，連吳良也明白了巧筠的性情。儘管孫伯葵為他女兒多所掩飾；可是欲蓋彌彰，愛慕的是珠圍翠繞；所恥的是荊釵布裙。

席面上自然不會有結論；酒闌客辭，張小腳問道：「你道這件事毛病在甚麼地方？」

「你說！我先聽聽你的。」

「只是孫太太一個人不贊成。孫老爺是願意跟你做親家的；只要再讓孫小姐自己點個頭，這樁姻緣就成功了。」

「嗯！」吳良問道：「那末，要怎麼樣才能讓孫小姐點頭呢？」

於是張小腳獻計，要覓人到孫家走內線，但須越過孫太太這一關，直接跟巧筠打交道。莫道「黃金難買美人心」；她認為世間目睹華貴首飾而能無動於衷的烈女，絕無僅有。

「陶三姑，」孫太太說：「怎麼好久不來？那回跟你買的一包針，用不到一半，就都鏽了。」

「我換，我換！」陶三姑放下她手中的三屜籐箱，抽開第二屜取出一包簇新的鋼針，放在桌上，「孫太太，有多少，換多少。」

「有沒有直貢呢的鞋面？」秋菱問說。

「陶三姑，」老奶媽也趕來了，「我要個頂針。」

「有、有、都有。」一語未畢，神態有異；陶三姑的臉上不由得出現了戒備的神色。

原來她是個牙婆，「三姑六婆」中的「六婆」之首，大戶人家買妾買丫頭；小戶人家賣兒鬻女，都要找牙婆來說合。這行生意，不是天天有的；所以陶三姑兼作賣婆，猶如貨郎一般，她那三屜籐箱中，凡是閨閣中所用之物，大致齊備。只要她一來，孫家上上下下的婦女，無不歡迎；但孫伯葵卻沒有好臉色給她看，不獨由於「三姑六婆，實淫盜之媒」這句成語而起的惡感；主要的原因還在陶三姑一來，家用帳上就要支出了——此時正是看到孫伯葵從中門中踏了進來因而不免戒慎恐懼。那知孫伯葵竟一反常態，視如不見，管自己到藏書的廂房中去了。陶三姑鬆了一口氣；不過聲音還是壓得很低，「喏，直貢呢鞋面。」她看一看秋菱那雙放大了的腳，「夠你做兩雙。」

秋菱抖開鞋面打量了一番說：「那裡，做一雙都不夠。」

「一雙都不夠？」陶三姑朝廂房望了一眼，「喔，是給孫老爺做鞋？」

秋菱不理他的話，只點點頭說：「勉強也夠了。」

接著老奶媽想買的頂針也到手了；孫太太換了針，又買了絲線，陶三姑便問：「小姐呢？上次她說要通草花；我今天特為帶來了，好出色的新樣子。」

「她有點咳嗽，要避風。」孫太太說，「你拿給她去挑好了。」

於是由秋菱陪著，到了巧筠臥室；她裹著半截被子，倚床而坐，臉無血色，加以一大把漆黑的頭髮披著，襯得臉更白了。

「唷！」陶三姑裝作吃驚地，「孫小姐，怎麼啦？」

「受了點兒寒。」說著，巧筠咳了起來。

陶三姑急忙放下籐箱，去為她捶背抹胸；捶背猶可，抹胸不慣，但人家是一番好意，不便堅拒，只能閃避，那就成了像閨中女伴戲謔呵癢似地，巧筠又咳又笑，嗆了嗓子；直待喝了幾口秋菱倒來的熱茶，慢慢地才平復下來。

這麼一折騰，出了些汗，巧筠反倒舒服得多；臉上泛起粉紅色的霞光，嬌豔非凡。陶三姑便有說話了。

「真正是安化第一美人！」她打開一盒新樣的通草花說，「不曾出汗，臉色太白像梅花；這會，看！可不是跟牡丹一樣？」

說著，將手中的牡丹，交在巧筠手中；順手撈起她那一彎黑髮，三挽兩捲，結成鬆鬆的一個髮髻，再取花相簪，退後兩步，仔細端詳。

「真是，好花要美人戴！」陶三姑轉臉說道：「秋菱，你看小姐戴這些花好看不好看？」

「人美，你的花也好。」秋菱笑著回答。

「花倒是好，可惜是通草的。」巧筠不知何時收斂了笑容，摘下花來扔在盒子裡。

「戴鮮花可得明年春天了。」陶三姑探手往懷中一摸，微吃一驚地說：「咦！我的鑰匙呢？」說著，便低頭去找。

「你剛進來不大一會，鑰匙不會掉在這裡的。」秋葵說道：「你倒仔細想想，掉在那裡了？」

「進大門的時候，我掏手絹擦鼻子，還有的。」

「那怕是掉在大門口了。」巧筠便說：「秋菱，你替她好好去找一找。」

陶三姑正要她說這句話；將秋菱調開以後，她便問：「孫小姐，臘八節，白衣觀音開光；你可要去燒香？」

「燒香那一天都可以，用不著開光那天。」

「開光熱鬧啊！朱家三少奶，劉家二小姐，張四爺的妹妹；安化提得起的出色人物都要去。不過，我敢說一句，誰也比不上孫大小姐你！」

聽得這話，巧筠赧然一笑；但隨即黯然不歡地說：「我去幹甚麼？人家——。」她看一看那盒通草花，沒有再說下去。

陶三姑向外望了一下，提著籐箱走過去；在床沿上坐了下來，悄聲問道：「孫小姐，想來是做衣服來不及？」

「衣服倒無所謂，光有衣服——。」巧筠搖搖頭，又不願往下說了。

「不錯，光有衣服，穿戴的缺一樣也不行。」陶三姑彎身下去，從籐箱中取出來一個布包；解開來是一團棉花，撥開棉花，一面托著送到巧筠面前，一面問道：「孫小姐，你倒看，這四樣首飾，中意不中意？」

巧筠耀眼生花，細看是一支金翠三鑲的簪子、一副絞絲金鐲子、一隻紅寶石戒指，還有一副耳環，細金鍊子墜著晶瑩滾圓，比黃豆還大的珠子。

巧筠如何不中意？拿起那副鐲子掂了一下，沉甸甸地壓手，不是包金，更不是鍍金。鐲子如此，其他可知；巧筠心往下一沉，看都不看了。

「你收起來吧！我買不起。」巧筠突然心酸，「只怕這一輩子，我也不配戴這些東西。」

「孫小姐說那裡話！你不配，還有誰配？」陶三姑放低了聲音說，「孫小姐你幫我個忙行不行？」

「幫甚麼忙？」

「我想請孫小姐替我做個活招牌——。」話一出口，陶三姑便即縮住，伸一下舌頭，自己打了個嘴巴，「你看，這叫甚麼話！是這樣，我是想借孫小姐的光，這四樣首飾，戴在你身上，格外出色；一定會有人打聽，倒是那裡打的首飾？這一下，我陶三姑的名氣就打出去了。」

這個想法很有趣，巧筠大為動心；遙想白衣庵中，珠光寶氣，壓倒群芳，心裡已有無比的得意。

但轉念一想，不由得心灰意冷。

「陶三姑，我不能幫你這個忙。」

「為甚麼呢？」

「你不要問其中的道理。能幫忙一定幫忙；可不能為幫你的忙，讓人家笑話我。」

「咦，咦，孫小姐！」陶三姑彷彿很著急似地，「這不是沒影兒的事，誰會笑話你？」

「當然會有人笑。戴不起首飾就別戴，借了東西來充闊，教人瞧不起。」

「那——，」陶三姑停了一會，自言自語似地說：「其實，要戴還會戴不到？這樣的人才，比這貴重十倍的首飾，也有人願意送啊！」

巧筠心中一動，不過到底是有家教的，心知這話不能搭腔；但也不願作何嚴正的表示，只說：「你收起來吧！」

「孫小姐，這樣：我是認識了一個珠寶客人，要借孫小姐的光，能多銷點貨。還是要請你幫忙；這四樣東西擱在這裡，反正大正月裡出客也還要用。將來賺出利息來，孫小姐隨便給幾個錢好了。」

剛談到這裡，只聽外屋地板聲響，巧筠不自覺地感到心慌，急忙將那四樣首飾用塊手絹蓋住。她自己都不知道為甚麼不願秋菱看到這四樣珍飾？這時候當然也沒有工夫去細想原因。

見此光景，陶三姑聲色不露，只問：「這一盒通草花都留下吧？」

「挑一點兒好了。」巧筠正好派剛進門的秋菱一個差使，好靜靜地想一想心事，「秋菱，你看一看，有文氣一點兒，挑個十來朵。」

挑了八朵通草花，才四十個制錢；巧筠看秋菱從櫃子裡取出紅頭繩串連的一百多個小錢，一個一個，鄭重其事地數給陶三姑，心裡淒涼得想哭。

第三天，吳良再度請孫伯葵在張小腳家喝酒；這次不是下帖，是寫了一封信，一筆字劍拔弩張，也算草書，後面綴了一句：「愚姪少良附筆請安」。看來這封信是出於吳少良的手筆。

不過，在張小腳家，卻仍舊只得賓主二人。數九嚴寒的天氣；在北風怒號，窗紙簌簌作響的小客廳中，圍著紫銅火鍋喝酒，不由得就會感覺到，彼此的距離是很近了。

「伯翁，今天想談點正事。彼此至好，請你說實話。」

看他神色鄭重，孫伯葵有些不安，「良翁，」他問，「莫非你覺得我有甚麼事騙了你不成？沒有啊！」

「是，是！我失言了。伯翁以誠相待，我知道。伯翁，」吳良湊過臉去問：「我有千真萬確的消息，陶秀才自覺配不上令媛，堅請退婚；而且伯翁已經答應了。只是庚帖尚未退還而已。可有這話？」

何嘗有此一說？但孫伯葵卻不肯照實回答；想了好一會，仍舊覺得先宕開一筆為宜，便即答道：「此事說來話長。改日再談如何？」

「喏，喏，是不是，」吳良拿手指著孫伯葵對張小腳說，「我早說過，孫老爺不會肯說實話。」

這多少使得孫伯葵感到屈心，著急便不擇言，「我那裡不說實話。」他說，「不過說了實話——。」

他驀地裡醒悟，這句話不能說完；說完就沒意思了。

吳良體味了一會，明白了他的話；原來要說的是：「說了實話，怕你會不高興。」心想，看起來不宜激將；事緩則圓，不必心急。於是笑笑說道：「伯翁何必著急？你我相處的日子方長；說說笑話，豈可當真？」

其實，孫伯葵是決心要跟吳良做親家了；不過畢竟念過幾句書，還有些頭巾氣，要他瞪著眼睛說瞎話，明明自己散布的流言，卻說陶澍自慚形穢，要求退婚，多少覺得礙口。如今看做主人的似有不悅之意，反覺惴惴不安，所以刻意敷衍，不斷奉承；吳良則是成竹在胸，而且智珠在握，因而亦頗假以詞色；更有張小腳從中湊趣拉攏，越發盡歡，大醉而散。

到得第二天午後，來了個稀客。此人是孫伯葵的同窗，名叫楊毅，安化縣的廩生——原來俗稱秀才的生員，有諸般名色，故而統稱諸生；其中以廩生最難得，每縣皆有定額，能補上缺的，每月可領廩米，所以稱為「廩膳生」；此外童生進學，照例要由廩生作保，當然須送謝禮。所以即令是安分守己的廩生，日子也可過得很舒服；至於作為秀才的首腦，在地方上興風作浪，把持公務，非分之財，源源而來，發了大財的，亦是數見不鮮。

這楊毅是一年來訪兩三次的稀客，但卻是很受歡迎的嘉賓。因為他不上門則已，一上門必有事；一有事必有好處，諸如寫個發動地方公益的緣起之類。楊毅既是難得補缺的廩生，筆下自然很來得；但卻有意將這種差使推給孫伯葵，讓他賺幾文潤筆，亦是一番照顧同窗的情誼。

因此，楊毅上門，連孫太太都很重視。他貪嘴好吃零食；孫太太趕緊叫老奶媽買茶食，裝果盤，送到書房；不過雙扉緊閉，賓主二人咕咕噥噥地不知在談些甚麼？

談的是巧筠的婚事。吳良特委託楊毅來作媒，就因為知道孫伯葵不敢在他面前惺惺作態；必有確實答覆。果然，孫伯葵一口應承，但卻有話要聲明。

「楊大哥，我話得說在前面，第一、要小女自己願意；第二、陶家退婚之事，雖然流言紛紛，其實頗成疑問。這兩點辦不到，就是妄想高攀。」

「我知道。陶家這方面慢慢來想辦法。至於令媛那裡，要你好好開導，不過，我想，令媛絕不敢不從父之命。」

原來吳良派陶三姑來試探，已知巧筠不甘荊釵布裙，辱沒了她的如花容貌；辜負了她的似水流年，故而楊毅有此極有把握的話。

「是！楊大哥的意思，我一定照辦；好好開導小女一番。至於陶家——。」

「你不用費心，」楊毅搶著說道：「我自有道理。」

貧賤不能移

想陶澍退還孫家的庚帖，取消婚約，楊毅當然要用手段。由吳良那裡取來一千兩銀子，先以三百兩的重價，在省城長沙買得一部宋版的《陶靖節集》——陶淵明的詩集；然後特地去訪陶澍。

陶澍跟楊毅認識，卻從無交往，見他不速而至，自然詫異；但不能不盡主人之禮，親自烹茶款客。楊毅辭謝，陶澍堅持，兩人就在設於窗外的破爐子旁邊交談。

「雲汀兄，你闡揚先德；在陶詩上下的工夫，是大家都知道的。靖節先生泉下有知，一定又要大醉幾場了。」

陶澍本對楊毅無甚好感，聽他這話說得風趣，不由得刮目相看；「楊兄，」他含笑謙謝：「過獎，過獎。」

「此非我一個人的私論，大家都是這麼說。今天登門拜訪，有所求教。我是附庸風雅，也買了些書；最近得了一部宋版的陶集，想請你來鑑定。」

「喔，」陶澍大感興趣，「宋版的陶集，名貴之至。幾時倒要瞻仰瞻仰。」

「我已經帶來了。」

「眼福不淺。不過，楊兄，說實話，我於此道，並不內行。」

「版本的年代是否久遠，是一回事；是不是好版本，又是一回事。像福建的麻沙版，即令是宋版，也未見得可貴。我這部陶集是蜀刻；想請你校勘一下，錯字多不多？」

「是，是！這倒是優為之的。」

陶澍為人質直，有甚麼說甚麼，不會假客氣。陶詩在他無一首不能背誦；要談到校勘，他光看楊毅的那部宋版，便知正誤。所以這樣說實話。

「是啊！若非足下優為之我還不會來請教呢！」

說著話，水已經開了。陶澍甘於粗糲；唯一的享受是喝茶。好在安化出茶葉，這項享受，勉強還能滿足。當下用乾淨杯子沏了茶，吹去面上浮沫，慢慢喝完，方始抹一抹手，來欣賞那部宋版蜀刻的陶詩。

翻開來第一頁，便是一連串收藏者的圖章，細細看去，這部書經過明朝的嚴嵩、毛晉，清朝的梁清標、怡親王胤祥、和珅的收藏。

「和珅跌倒，嘉慶吃飯。」楊毅低聲說道：「這部書是宮裡流出來的。」

「嗯，嗯！」陶澍對這本書的來歷，並不在意；吸引他的是書的本身。

陶澍看書，向來不講求，也無法講求版本；此時翻開這部珍貴的陶詩，但見紙色如玉，墨色如漆，字大如錢，書香撲鼻，真個賞心悅目，視線竟不肯旁顧了。

見此光景，楊毅暗暗得意，初步已經見效，不必久留，便即起身說道：「雲汀兄，拜託了。要請你多花些工夫，多費心校勘；我先告辭，改日奉邀小酌。」

「多謝，多謝。」陶澍想了一下答說：「這部書，我且留三天——。」

「不，不！」楊毅搶著說道：「儘管留著看。通省，甚至是通國，也只有你配看這部陶詩。」

「何敢當此？」陶澍不勝惶恐地說了實話，「其實，我讀陶詩，亦只是偶爾怡情，談不上心得。

再說亦不容我寢饋其中。」

「此話怎講？」楊毅很關心地，「倒要請教。」

「我是想讀點經世致用之書。」

「對，對！」不待陶澍畢其詞，楊毅便搶著稱讚，「雲汀兄必成大器，前程無量。」

這便流於泛泛的客套了，陶澍微笑不答，等待送客；不道楊毅卻還有話。

「雲汀兄的生日是除夕？」

「是的。我的生日最小，只比晚我一年的人，大一個時辰。」

「這麼說是亥時降生？」

「是的。」

「我新交一個朋友，頗為投緣。此君精於子平之術；我想拿尊造讓他去推算一番，看看明年秋風可能得意？」

明年——乾隆六十年乙卯，是鄉試正科的年份；陶澍有用世之意，自然也希望能夠秋風得意。因而對楊毅的關切，頗為感激；不過他卻不信星命之說，便只稱謝，不作別語。

楊毅倒像很熱心，隔了三天便送來一份細批流年的命書，說他一開了年便動驛馬星，利於東方；當然也談到婚姻，說他應該晚婚，妻子的年齡宜小不宜大。

看到這一點，陶澍不能無動於衷；巧筠比他大一歲，似乎不是佳偶。由此想到「齊大非偶」這句成語，心想這個「大」字有多樣解釋，巧筠有安化第一美人之稱，名氣之大也是大。一介寒儒，迎娶無期，倒不如真的辭退了婚約，也免得煩惱。

就這躊躇未定之際，楊毅卻又來拜訪了。

「雲汀兄，」楊毅開門見山地聲明，「我是朋友關切，別無他意。命書上既然說開年就會動驛馬星，利於東方，不知你有甚麼打算？」

「沒有。」陶澍搖頭說，「談到命，我只有四個字，聽天由命。如果命中注定開年要出門，到時候自有機緣；此刻從那裡打算起？」

「話不是這麼說，避凶趨吉，君子所為；有時候稍為打算一下，於己有利無害，何樂不為？我在想，如果你早就要出門的，方向亦相符合，何不就照命書中辦？」

「尊意是我一過了年就該出門，向東方走？」

「是的。」

「那末，去幹甚麼呢？」陶澍覺得好笑，「行必有方，出門總有個目的；我往東去到那裡，歇足何處，所為何來？我看只有兜個喜神方回來，應了流年上的說法。」

話中已略有譏嘲之意了。楊毅卻不以為忤；平靜地答說：「這些，我都替你想過了。往東，到省城歇足；閉門用功，靜待秋闈，大吉！」

陶澍楞住了，這個打算很不壞：看起來命書上說得似乎有些道理。可是，「長安居，大不易」；寄寓省城長沙，又何嘗容易，每月沒有五、六兩銀子，是開銷不了的。

「雲汀兄，」楊毅微笑著又說，「你是心以為然，苦於力不從心，是不是？」

一言道破心事，陶澍亦就不必再瞞他了，點點頭答說：「正是為此躊躇。」

「不必擔心。我今天登門拜訪，自然是有備而來的。」楊毅接著又說：「我有三個法子。第一個恐怕你不肯。」

「請見示。」

「本縣有家富戶，他老父明年二月裡下葬；你如果肯替他做一篇墓誌銘，我叫他送你一百兩銀子的潤筆。」

訣墓之金，取不傷廉；但亦須被訣之人，稍有可訣之處，陶澍便即問道：「是誰？」

「西門張家。」

陶澍一聽，隨即搖頭；原來「西門張家」是指本縣一個姓張的捕快，此人魚肉鄉里，無惡不作，任何一個正人君子都看不起他的。

「我知道你不肯，也不必問原因了。」楊毅接著又說：「再說第二個，工夫深一點，也苦一點；不過那一來，連你會試的盤纏都有著落了。」

「苦一點不要緊！」陶澍很高興地說，「乞道其詳。」

這個辦法是請陶澍做一百篇八股文章。鄉試、會試，共考三場，第一場是以「四書」命題，做一篇五、六百字的八股文，另加五言八韻試帖詩一首。三場之中即以這第一場為最重要，因為取與不取，往往在第一場便已定奪。如果能就「四書」中可能會出的題目，預先擬就多少篇八股文，熟讀在腦；臨場一看題目相同，便有了宿構的文章，不費精神，拿出來就是。

富家子弟愚魯，而父兄望他上進之心太切的，往往有此一法，以圖僥倖。

「這是明年恩科鄉試用的，恭逢登極六十年，考官一定用吉祥冠冕的四書文作題目；也是僥倖一逞的大好機會。你如果肯幫忙，每篇四兩銀子；百篇四百兩，豈非會試的盤纏都不愁了。」

陶澍怦怦心動。一篇八股文不過五、六百字，日課一篇，百日可畢，說起來不費事；但他素性討厭這些「天地為宇宙之乾坤」之類的陳腔濫調；怕做到一二十篇，由厭而生畏，草草了事，甚至懶於動筆，誤人誤己，兩俱不妥，所以一時委絕不下。

「這個法子，等我再想想。」陶澍問說：「老兄的第三個法子呢？」

「第三個法子最簡單。我借你幾十兩銀子；等你得意了還我。」緊接著，楊毅又加了一句：「我是看準了的，你一定會得意。」

就因為最後這句話的鼓勵，陶澍決定接受他的好意；「老兄如此見愛，真是感激莫名。」他說：「不過，取予不苟，為立身之本。等我籌畫一下，借款何時才能歸償，子息如何得以照付，再來奉求。」

「不必如此麻煩。我說過，只要你得意了，自然會還我；子息不子息，此時亦不必提他。」

「我怕有負期許——。」

「不會。不會。」楊毅打斷他的話說：「這是兩相情願的事，一言為定。我準定後天送八十兩銀子過來，你隨便寫個借條給我好了。」

「這——。」陶澍大為躊躇；因為於心不安。他不斷地搓手吸氣，希望能找到一個比較可以讓他在精神負荷上略得減輕的辦法出來。

「那部陶詩如何？」楊毅換個話題問。

「喔！」陶澍答說：「確是精槧。我已經校過了，有異文之處，都加了簽；請老兄今天就帶回去吧。」

「不！不！」楊毅急忙雙手作外推之勢，彷彿堅拒一個不受歡迎的客人似地，「你留著看，你留著看。」

等他一告辭，陶澍不由得坐下來發楞，回想其事，倒像夢境。他實在沒有想到，會有這樣一段意外的機緣；自覺錯看了楊毅。本以為此人神通廣大，不免勢利；如今看來，居然是性情中人。

這種夢境樣的感覺一浮起來，心就會冷，世間誠然有這種俠義心腸，英雄作為的人，但似乎不應該是楊毅。可是一看到那部宋版蜀刻的陶詩，他的信心便恢復了。

如果明年秋闈得意，後年聯捷，自己的抱負，便可大大發抒；這證明了星相之說，似乎有些道理。然則晚婚的話，豈非亦不能不信？

齊大非偶！他又想起來這句話；但想到後年聯捷成了進士，則齊大亦足為偶。倘或點了翰林，玉堂歸娶，真應了「洞房花燭夜，金榜題名時」這兩句詩，確是人生難得的快意之事。因而心又熱辣辣地再也不起辭婚的念頭了。

「陶相公！」秋菱一面招呼，一面放下提籃，照例的，接下來便要展示提籃中的東西了。有食物是一定的。這回是一隻風雞、一方臘肉、一盤年糕、一罐蒜泥豆豉，另外有個布包，包著一雙直貢呢的棉鞋。

「這雙鞋是誰做的？」陶澍問說。

「我。」秋菱頭也不抬地說。

陶澍頗失所望；再問一句：「那末是誰買的鞋面布呢？」

「太太。」

畢竟失望了！陶澍深悔多此一問；本來還可以想像著是巧筠親手所製；如今明明白白，岳母出錢，丫頭出力，跟小姐毫不相干。

「多謝你費心。」陶澍趕緊去想令人興奮的事，「秋菱，我告訴你一個好消息，大概一開了年，我就要到省城去了。靜下心來，好好用一用功；明年鄉試，或者可以僥倖。」

「喔！」秋菱眨了一會眼，困惑地說，「省城裡的開銷不輕。」

「有人借錢給我。」陶澍又說：「不過也還沒有定，或許是我去掙。反正，開銷有著落就是。」

言語閃爍，不能令人無疑，「陶相公，」秋菱率直說道：「怎麼回事，你倒說給我聽聽。」

聽他講完楊毅兩次來訪的經過，秋菱的疑雲更重；不由得想起「楊秀才來看老爺」的詭秘情形。

「這楊秀才，」秋菱問說：「頭一次是甚麼時候來的。」

陶澍想了一下答說：「有十二天了。」

秋菱也仔細算了一下，「今天廿七，十二天前便是月半？」她問，「是不是？」

「不錯。」

那就很明白了，兩回事是一回事；楊毅去看孫伯葵的第二天，孫太太、老奶媽都吃齋，正是十五。他是先去了孫家，再來陶家；談的一定是退婚的事。

可是，這話不能問，一問讓陶澍警覺，少不得追根尋柢地問。也許事情弄錯了；這一追究起來，豈非無端起一場是非？

不過，明說雖不可，暗示卻不能無；也好讓他防備。因而她想了一回說：「陶相公，不是我說，這個年頭，好人不多；也許楊秀才想求你甚麼？倒不如先問問清楚，先小人後君子，省掉好多麻煩。」

「嗯、嗯！」陶澍覺得她的話，非常實在，「你說得不錯，先小人後君子；我一定要問問清楚。」

秋菱知道他言出必行；而且性情正直耿介，不肯無緣無故占人的便宜。只要不受楊毅的任何好處，不輕承諾，事情就好辦了。

這樣想著，正好看到那部陶詩，隨即問道：「這部書很貴重？」

「是啊！宋朝到現在，五六百年了。」

「值不值五六百兩銀子？」

「不知道。」陶澍又說：「二、三百兩銀子，是一定值的。」

「這也很貴重了。不如還了人家。」秋菱又說，「萬一讓小偷偷走了，賠起來也很吃力。」

陶澍被她提醒了，大感不安。賠起來豈止「吃力」？真是無從賠起。於是他矍然而起；一面包書，一面說：「秋菱，虧得你提醒我。我一領青氈，身無長物；梁上君子，不屑一顧。如今有了這部書就不同了。萬一被竊，豈不大糟其糕。今天我才知道，『庶人無罪，懷璧其罪』，原來還另有一解。」

秋菱聽不懂他掉書袋；不過心裡卻有個想法，說不定楊毅會叫人來偷。

於是陶澍找到原來的那塊包袱，將那部珍貴的陶詩包好；等秋菱一走，隨即出門到楊家。楊毅外出未歸；便鄭重交付了楊家的老僕，才算了卻一樁心事。

那知他剛回家，楊毅接踵而至；送來八十兩銀子，還有那部陶詩。陶澍自然感激，但由於秋菱的警告，他存著戒心；覺得不能輕易受人之惠。因而連聲致謝之餘，另有一番辭謝之詞。

「為天高誼，為潭深情，感何可言。不過，楊兄，如今我還不敢受這筆款子。第一，尚未立券；第二，動用之時尚早。請楊兄先帶回去吧！」

楊毅一楞，說得好好地，怎麼變了卦呢？「雲汀兄，」他亂搖著手說，「帶來帶去多麻煩？你所說的兩點，第一、隨便寫張借據給我就行了；第二、動用遲早，你自有主權。如果是開了年用，你自己收藏好了。」

「你看，」陶澍指著蕭然四壁說道：「我這個蝸居，是收藏八十兩銀子的地方嗎？誨盜之戒，不可不守。再老實奉告吧，何以我急急奉還陶詩，就因為家無長物，梁上君子不屑下顧；而一有了珍物，會讓我魂夢不安。」

說的卻是實情。本來是好意，如果這番好意，設身處地去想，確難接受，而要強人所難，實非成了不通人情的惡意？倘或陶澍動了疑心，窺破真意，反為不妙。因此，楊毅無可奈何地說：「既然如此，我暫且替雲汀兄保管。不過年近歲逼，總有些帳要開銷，我留二十兩銀子在這裡，請雲汀兄早早料理清楚，好安心用功。」他緊接著又說：「言出肺腑；倘或雲汀兄還要峻拒，就是不願交我這個朋友了！」

說到這樣的話，陶澍無法不收他那二十兩銀子。不過想起秋菱的話，不肯動用分毫，打算過幾天原物送回。只是眼前便有了難題；二十兩銀子非細數，倘或被竊，為之奈何？

想來想去，只有一個辦法，寄存在妥當之處；而最妥當的地方，莫如斜對面的當鋪。

這家當鋪的字號叫做大有；從朝奉到小徒弟都跟陶澍很熟，也很尊敬他。一見他來，朝奉從帳台上站起來招呼：「陶先生，請裡面坐。」

原來這個朝奉姓汪；自然是徽州人。徽州人多而地瘠，本地的物產養不活本地人，所以不能不出外經商；積久成幫，生意越做越大，最有名的是兩種行業：一是鹽；二是典當。

汪朝奉的東家姓馬，是揚州的大鹽商，人頗風雅；汪朝奉近赤者赤，追隨他東家數十年，頗知敬重文人，因而對陶澍另眼相看。偶逢需要融通之處，一領青衫，亦能當個兩三兩銀子；此時只當他手頭拮据，便先問口：「快過年了。陶先生這個年關過得去吧？」

「過得去，過得去！年年難過年年過。」陶澍答說：「我今天不是來當當，也不是來贖當；另有小事奉託。」說著，拿出二十兩銀子放在桌上。

「喔，喔，原來如此！」汪朝奉說，「這件事，我也可以效勞。」

「那好！」陶澍拱拱手說，「拜託，拜託。」

「小事，小事。不過陶先生，摺子我可得過兩天，找到戶頭才能立給你。」

陶澎愕然：「甚麼摺子？」

「自然是憑摺取息的摺子。」

陶澍這才明白，汪朝奉誤會了；便即笑道：「多謝盛意！不過，汪兄，我不是託你放息；一介措大，也沒有這二十兩銀子去權子母。我只是拜託代為保管，過幾天好原物去還我的一個朋友。」

「喔，是寄存在我這裡！」汪朝奉又問：「我不明白，是怎麼回事？」

「是——」

陶澍想了一下，將楊毅突然來訪以後，所發生的種種情節，約略告知。汪朝奉為人機警而深沉；

及至聽完，已知楊毅的作用，卻不說破，只不勝欽服地說：「陶先生真是今之古人！像你這樣不苟取予的，如今真少見了。」

「你謬獎了！」陶澍答說：「我方自慚之不遑；何敢當『今之古人』四字？」

「自慚？這你也責己太苛了！閒話少說，我今天燉了一隻貔，前天開的一罎酒，，還有一半，陶先生，我聽你談談陶詩，如何？」

陶澍叨擾汪朝奉也不止一次了，謙辭便成做作，爽爽快快地答說：「喝酒奉陪；聽我談陶詩，只怕問道於盲。」

「不必客氣，不必客氣。」

於是上樓置酒，把杯閒談。陶詩談得不多，倒不是汪朝奉不配聽他談陶詩，而是他想對陶澍有所諷諭，所以話題很快地轉到星相上面。

「子平之學，也不是全然沒有道理。說陶先生利於東方，明年要得意，一定會應驗。可是，」汪朝奉問道：「他的另一個說法呢？」

「那個說法？」

「喏，不是說陶先生宜於晚婚，配妻宜小不宜大嗎？」

「這話——」陶澍喝一酒說，「似乎也有道理。」

「何以見得？」汪朝奉說，「秋闈得意，來年便可應驗；這終身之事，說得對也不對，要多少年以後才知道。」

「不然！」

「怎說不然？」

接著，陶澍便說了套「齊大非偶」的道理，但到底是不是想辭婚，卻未明言。

汪朝奉善體人情，心知他還割捨不下。本來人非太上，孰能忘情？娶妻而得安化第一美人，畢竟是件不能不令人動心的事；如果孫家有眼光，肯等到陶澍功成名就，自然會成就良緣。就怕岳家倒肯等，他卻中了楊毅的圈套，竟願退婚，那一來自鑄大錯，就難挽回了。

汪朝奉在想，照目前的情形看，陶澍還不至於上當；不過他似乎還不知道楊毅別有用心，應該提醒一句，讓他有所防備，才能萬無一失。

於是他想了一下問：「陶先生，言歸正傳，開了年，長沙之行如何？」

「此說已經過去了。」

「此話怎講？」

「本想不負楊秀才的好意。想想還是不能輕易受人之惠；所以此行作罷了。」

「那末，明年秋闈的盤纏呢？」

他相信他的未來岳母會替他設法；不過這話羞於出口，只好這樣答說：「到時候再說。」

「現在就可以說定。」汪朝奉說，「到那時候，我替陶先生預備盤纏；楊秀才的錢用不得。」

「噢！」陶澍很注意地，「何以他的錢用不得，你的錢就能用？」

「不錯！照陶先生的意思，既然不願輕易受人之惠，那末我的錢也不能用，是不是這個意思？」

「是啊！」

「那末，我老實奉告，你用我的錢，不是受我的惠；我是借給你，將來要還的——。」

「楊秀才的話也一樣。」陶澍搶著說。

「不一樣！陶先生，你借我的錢，將來還的仍舊是錢；借他的錢，將來還的是人！」

「人？」陶澍愕然。

「你慢慢去想，去看就明白了。不過，」汪朝奉鄭重囑咐，「只能自己想、自己看，莫跟人去談這件事。要談跟我來談。」

他又加了一句：「我可惹不起楊秀才。」

這幾句就大可玩味了。陶澍本想追問，但想到汪朝奉要他多想、多看，便閉口不語；只記住了他的話，等回了家去細想。

「陶先生，」汪朝奉又說，「我還有個盤算。明年我回徽州過年；我十年沒有回家了，照規矩可以在家住三、四個月，秋天就可以動身。那時，我陪你到揚州去盤桓些日子；替你把會試的盤纏弄出來。你道如何？」

這話就不投機；而且大不投機。陶澍對漕運、水利、鹽務的積弊瞭解愈多，痛恨愈深；蓄著滿腔的抱負，只要一旦得志，必定痛加改革。又何肯跟著汪朝奉到揚州鹽商那裡去打秋風？

他在經世實用的學問上，只是默默地下工夫；平時既未跟汪朝奉談過，此刻自亦不便大發議論，搞得喝下去的酒都會不受用。而況到鹽商或河工上去打秋風，早都視為無足為奇之事；汪朝奉說這話，純為一番好意，並非作奸犯科，陷人於不義，更不宜板起臉來說大道理。

因此，他微笑答說：「到時候再談吧！」說到這裡，他心中一動，便又問道：「你在揚州多年，鹽務方面很熟悉吧？」

「是啊！」

看陶澍有興趣，汪朝奉便大談鹽商的豪奢；一直追溯到康熙、乾隆多次南巡的驚人糜費。陶澍只默默地聽著，自覺又長了好些學問。

荊釵怎及金釵

「娘！」巧筠一面輕盈地飄了進來，一面問說：「白衣庵菩薩開光，娘，你去不去？」

「去是想去，日子不巧；臘八節！要過年了，多少事忙不過來。我想等閒一閒，誠誠心心去燒灶香，開光那天就不必去趕熱鬧了。」

巧筠不免掃興，轉念一想，自己戴著那幾件珍貴首飾；母親太寒酸了，也失面子，隨她不去，也無所謂。

看她的神態，有些莫測高深的模樣，孫太太關切地問道：「你是不是想去？」

「本來不想去的，那天一時答應了陶三姑，我在這裡懊悔。」

孫太太頗為詫異，「白衣庵菩薩開光，與陶三姑甚麼相干？」她問。

「她是受了白衣庵當家之託，特意來邀我的。」

聽得這話，孫太太自然高興；足見女兒是安化第一美人，名不虛傳，所以白衣庵才特為託人來邀。但轉念想到女兒凡遇這種場面，總是為衣飾發愁，到頭來鬱鬱寡歡，將自己關在臥房裡，不由得心上便揪了個結。

於是，她謹慎地問：「那麼，你去不去呢？」

「答應了人家的，不能不去。再說，也是幫陶三姑的忙。」

這話就更費解了，「怎麼是幫陶三姑的忙？」她問，「幫她甚麼忙？」

巧筠不即答話，沉吟了一會，方攙著母親的手說：「娘！你來看。」

「看甚麼？」

「你來了就知道了。」

將母親攙入自己臥室，巧筠從梳妝台的屜斗中，小心翼翼地捧出一個原是裝奇南香手串的長圓錫盒；打開盒蓋，揭開棉花，裡面是陶三姑送來的那四樣首飾。

孫太太目眩之餘，驚疑不止：「這是那裡來的？」她問話的語氣相當嚴重。

巧筠卻刻意矜持，裝得很隨便，很輕鬆地說：「娘先別問，倒看看是真是假？」

孫太太便隨手取起那枚紅寶石戒指，映著亮光，照看了一會；再看釵環，已可大致認定，是真非假；及至將那隻紋絲金鐲子托在手中，沉甸甸地壓手，便更有把握了。

「自然都是真的。」她又問：「是那裡來的？」

「我幫陶三姑的忙。」巧筠答說：「她有一批首飾想賣，請我替她戴出去，讓大家看個樣子；看中意了，少不得去找陶三姑。」

「原來是這樣幫她的忙！」孫太太將信將疑，「陶三姑平時不過賣點胭脂花粉，線頭針腦，那裡來這一批貴重首飾。」

「誰知道呢？反正她說願意借給我戴一戴，我落得去風光風光。」

「你要小心！」孫太太說：「萬一弄壞了，或者掉了，賠不起！秋菱跟我說，楊秀才借了一部甚麼宋板的詩集子給雲汀；他也怕遭了竊，賠不起，趕緊送還給人家了。」

提起陶澍，作為未婚妻的巧筠臉上的笑容便消失了；毫無表情地將四樣首飾收了起來，歸入屜斗。

孫太太思潮起伏，心裡有好些話說；便看一看秋菱，示意她避開了，方始開口。

「阿筠，」她說，「我勸你別戴了這些東西到白衣庵。」

巧筠似乎一驚，抬起一雙極大的眼睛，看著母親問道：「娘是覺得我不配戴這些東西？」

「不是！這些精巧珍貴的首飾，原是像你這樣的人才配戴。不過，不是現在。」

「是甚麼時候呢？」

「總得有幾年吧！遲早你能戴得到；這時候不必稀罕借來的東西。」孫太太又說，「要真的是你自己的東西，戴出來才體面。」

「哼！」巧筠微微冷笑，「到得那一天，只怕頭髮都白了。」

孫太太的心一沉。女兒不應該這樣看不起未來的夫婿；她倒像自己受了冤屈似地氣憤難平，真想回她一句：「你等著看好了！」轉念一想，只因望之切，才會怨之深，本心其實無他；做母親的自然只有慰勸，要寬她的心才是正辦。

於是，她加重了語氣說：「『十年寒窗無人問，一舉成名天下知』；」又說：「『書中自有黃金屋』；雲汀不用苦功，你會等到頭髮白，只要用苦功，飛黃騰達也很快的。明年秋天一中舉，後年春天一中了進士，你倒看，那時候回來娶你，縣大老爺都要親自來道喜呢？」

巧筠倒是將這些話都聽進去了，耳邊，彷彿聽得「咪哩嗎啦」，在吹吹打打；夾雜著震天的爆竹聲響，和鼎沸的人聲；一顆心立刻懸了起來，有一種又緊張、又興奮的感覺。

但是，這種虛幻的心境，立刻為一段回憶一掃而空——那年九月十三日，發榜的日子，都說「孫家未過門的姑爺」會中；表姊、堂嫂都來向她道賀，害得她惴惴不安，聽街上的報子，敲著鑼一撥一撥過去，聲音由遠而近，由近而遠；一顆心由沉而升，由升而沉，直到半夜裡連「五經魁」都報過去，父親的臉色陰沉得可怕；眼前所能看到的人，一個個都像生來就是啞巴，從未開口說過話似地。

那種景象是她一輩子都忘不掉的。

「阿筠，」孫太太卻又開口了，「吃得苦中苦，方為人上人。做人要老來甜才有意思！」巧筠最不願聽的話，就是老來如何如何！做人不趁青春年少過幾年風風光光的日子；老來縱好也有限。好好一粒晶瑩圓潤的明珠，要到發黃了才來戴，那是多傻的事？

「你怎麼不說話？」孫太太微覺懊惱，「莫非你沒有聽見我的話？」

「聽見了。說來說去還是那些話。」

「難道我說錯了？」

「我沒有說娘的話說錯。」巧筠有一句沒有說出來的話；只是聽得生厭而已。

「既然我沒有錯，你就該聽得進去。你也讀過書，不是不識字沒見識的人。」

哼！巧筠在肚子裡冷笑：你老太太不也讀過書，嫁了個吃不飽、餓不死的塾師；見識！見識值多少錢一斤？

看看話不投機，孫太太嘆口氣，站起來說：「天下做女兒的，都聽娘的話；只有你，好像與眾不同。」說完，管自己走了。

聽得這話，巧筠倒不免歉然；但細想一想，卻又困惑，不知道該聽她那一句話？同時不明白，何以到白衣庵去出一回鋒頭，就好像是莫大的罪過？

終於還是去了白衣庵；只她帶著秋菱。到晚回來，興奮得不知道該怎麼說；而且這種興奮的情緒保持了好幾天。一想到所至之處，多少官宦大家的小姐、少奶奶，不約而同地將視線投射在她身上，相顧詫異，彷彿在互相詢問「這是誰？莫非就是安化第一美人？果然！名不虛傳」時，她的心不由得就會一陣陣地發緊，有著睥視天下，連皇后、公主都不必放在眼裡的感覺。

不過，也不是沒有掃興的事，母親對她的得意，卻不怎麼感興趣；反倒是父親，看他平時道貌儼然，不道也會如逗小女孩一般，輕擰一擰她的臉，笑嘻嘻地說：「這一回，在白衣庵的鋒頭出足了吧？」

鋒頭是出足了，巧筠卻在擔心事了，這麼四件珍貴的首飾，陶三姑總不見肯白白捨棄；第二回再有甚麼應酬，拿甚麼來穿戴？如果仍是那四樣，也不過再戴個一回；到第三回依舊如故，便顯得寒酸了。更何況連這麼一份「寒酸」都還保不住。

沒事就這樣在想；想一回，煩一回。不過倒是悟出來許多道理，所謂「由奢入儉難」的況味，她已領略到了。

臘月廿三那天，孫伯葵喝得大醉而歸；睡到第二天中午起身，洗過臉，喝了幾杯釅茶，覺得精神好些了，趁孫太太、老奶媽與秋菱都在廚房裡忙著做年菜的空隙，悄悄到了巧筠臥室裡。

這是很少有的情形，巧筠心裡便起了警覺；看一看父親的臉色說道：「爹，好像有心事！」

「是啊！」孫伯葵很謹慎地說，「我昨天晚上做了一件事，不知道做錯了沒有？」

「甚麼事？」

「跟你有很大關係的事。」

「跟我有什麼關係？」巧筠深為詫異。

「是你的終身大事。」

聽得這句話，巧筠心跳得很厲害；同時也很著急，是不是已經許下陶澍迎娶的日期？轉念到此，嫁妝、喜期的場面、婚後的日子，種種念頭，實在是顧慮，都兜上心來，攪得她五中如沸，站都站不穩了。

見此光景，孫伯葵也不免有些驚慌；但事已如此，非說不可，「說起來，我也是為你好，你長得這麼齊整，叫你過親操井臼的苦日子，於心何忍。所以，」他吃力地說，「吳家昨天向我求婚，我已經把你許給他了。」

是這麼回事！巧筠楞在那裡，心倒慢慢地靜了；因為那些嫁後光陰之等的惱人的念頭，不知不覺地一掃而空；心裡只在估量陶澍得知此事，會有怎樣的表示？

「女兒，」孫伯葵催問著，「你倒說，我這件事做錯了沒有？」

「我不知道。」巧筠將身子旋了轉去。

一女二配，自然是大錯特錯的一件事；而她居然說「不知道」，可見得不認為做錯。意會到此，孫伯葵的信心大增，隨即說道：「你能諒解我不得已的苦衷，總算我沒有白養了你。三從四德的道理你自然懂；如今你尚未出閣，自然是『在家從父』。你要記住我這句話。」

巧筠心領神會，知道父母有一場饑荒好打；萬一鬧得不可開交，一定喚她去問她的意思，那時便可以冠冕堂皇地表示：「在家從父。」

果然，等孫伯葵拿對女兒開頭說的那幾句話跟妻子說時；孫太太幾乎跳了起來，「你怎麼做這種糊塗事，女兒姓了陶，又姓吳，那不是失節之婦？」她大聲質問：「你開口『子曰』，閉口『子曰』；孔夫子的大道理到那裡去了？」

振振有詞，而且搬出孔老夫子的大道理，孫伯葵不由得氣餒了，囁嚅著說：「那時我酒吃醉了。」

「灌了幾鍾貓兒溺——。」

「太太，」秋菱急忙解勸，「老爺酒醉了的話，人家不會當真的，太太何必生這麼大的氣？」

這一下提醒了孫太太，頓時怒氣消融，「對啊！酒後戲言，」她說，「作不得數。」

「誰說作不得數？我把巧筠的庚帖都寫給人家了。」

此言一出，孫太太怒氣加倍；正臉色鐵青地在思索，該說一句甚麼話，才能表達自己對這件事的感覺時，突然想到，「你不是說喝得大醉嗎？」她問，「腦筋不清楚，字倒能寫得清楚；那不是怪事？」

聽得這番指責，孫伯葵才知道自己話中有了漏洞，只好哭喪著臉不作聲。

「我看你酒喝醉了，不知道自己在幹點甚麼？你倒說說看，女兒的年庚八字，是那八個字？」

「這自然記得。我親筆寫的，會不記得？」

「那你說呀！是那八個字。」孫太太譏嘲地說，「我看你啊，只怕把我的八字寫了給人家了！」

這話說得令人失笑，秋菱忍不住掩口。孫伯葵夫婦之間，劍拔弩張的形勢，亦因而稍得緩和，但這樁大事，不但不容沉默，而且非即時有個了斷不可；孫太太便使個眼色，讓秋菱退了出去，要平心靜氣跟丈夫來談判。

「你告訴我，到底是怎麼回事？」

一見妻子態度平和了，孫伯葵趁機在氣勢上欺了上去，「怎麼回事？」他大聲說道：「為來為去為女兒好！安化第一美人，嫁到安化第一富家，有甚麼不好？」

孫太太為之氣結；「虧你還是讀書人，說出這種沒骨氣的話來！」她說，「你就看得雲汀一輩子沒出息了？」

「誰知道他將來怎麼樣？我看，就有出息也有限。」

這是件沒法子爭的事；孫太太想了一下說：「我們先不必講理。你把昨天晚上喝醉了酒，怎麼寫庚帖給人家的經過，說給我聽。」

說是酒醉誤書庚帖，根本就是託詞；事實上是在張小腳家未喝酒以前，便由楊毅出面作媒，以四千銀子、百畝良田作聘禮，獲得孫伯葵的首肯，親自寫了庚帖，由楊毅轉給吳良，將巧筠改配吳家為婦；而且當時改了稱呼，孫、吳二人以「親家」相稱了。

這些情形，做丈夫的都告訴了妻子，唯一不實的是，酒前議婚，改為酒後相許；「生米已成熟飯，沒法子了。」他說，「反正也不壞；你就不要難為我吧！」

「不是我難為你。一家女兒許了兩家，陶家如果不肯，不要打官司嗎？」

「這你放心！媒人擔保，一定會想法子讓陶家退婚。」

「辦不到呢？」

「辦不到就不算數。」

「好！」孫太太點點頭。

這個「好」字，引起了孫伯葵的警惕；他知道他妻子最袒護陶澍，此刻聽她的語氣，必是會派秋菱去通知陶澍，不論如何，不退庚帖，那一來四千銀子、百畝良田，豈非鏡花水月？

於是他說：「太太，你不要一心一意，以為你的想法總是對的。你要知道，嫁得不好，吃苦是女兒吃苦；你也替她不得。若說私下貼補女兒，你知道的，一次兩次還罷了；日久天長，那裡負擔得起。所以你最好先問一問女兒的意思，再作道理。你道我這話，是不是很實在？」

孫太太沒有想到丈夫已在女兒面前下了工夫；更沒有想到吳家已經陶三姑的手，買服了巧筠的心，聽丈夫這一說，確是很合道理，便即點點頭，表示同意。

智珠在握的孫伯葵，只等妻子點了頭，隨即高聲喊道：「秋菱，你去把小姐請來。」

一直在偷聽的秋菱，口中答應；腳步躊躇，心知不妙，因而懊悔——楊穀在陶澍身上費心機，以為陶三姑忽然有這麼四樣珍貴首飾，她是早就看出來了，必與吳家求婚一事有關。總以為事情沒有這麼快；年近歲逼，暫且不必拿這件事煩孫太太的心，等過了年，找個機會說破了，好好想個挽回之計。那知，一夕之間，情勢大變；如今迅雷不及掩耳，看起來無能為力了。

當然，她還是存著希望的，希望巧筠會因為害羞而不作表示，先搪塞了這個場面再說；因此，她去請巧筠時，特意叮囑一句：「小姐，如果老爺有甚麼話問你；你最好多想一想，不要輕易鬆口。」

巧筠心裡明白，憎厭秋菱多事，便沒好氣地問說：「甚麼事不要鬆口，要多想一想？」

「是小姐的終身大事。」

巧筠沒有料到，秋菱居然會率直而言；她當然要裝做不知道父親已將她改許吳家這回事，只當作秋菱是指陶家迎娶有期而言。既然如此，就無所謂鬆口不鬆口；因而這樣答說：「我不懂你在說甚麼！」

一面說，一面已往外走；這是不容秋菱再多說。父女倆的步調配合得很緊密。

到了父母那裡，是孫太太先開口，「阿筠，」她說，「你爹做了件很糊塗的事。你已經是陶家的媳婦；倒說你爹又把你許配了別家。一女不事二夫——。」

「這話不對！」孫伯葵搶著說道：「一女不事二夫，不是這麼解釋。你不懂，就少自作聰明。」

孫太太有些生氣，「那末，」她憤憤地說，「一家女兒不吃兩家茶，這話對不對呢？」

「這話也不對！」孫伯葵目的是在阻止她教訓女兒；或者用大道理壓下去，使得女兒開不出口要說想說的話；如今作用已經發生，便不必再爭，搖搖手說：「如今也不必講道理，只問阿筠自己好了。」

「阿筠，你聽見了，你倒說一句，你還是仍舊嫁到陶家；還是聽你爹的糊塗主意！」

最後這句話很厲害；巧筠如果聽父親的話，也就是糊塗了。孫伯葵立即抗議，「你才糊塗！」他說，「天下做娘的，都巴望女兒嫁得好；只有你與眾不同。我不知道你心裡是怎麼想的？」

「我怎麼想？」孫太太也不示弱，大聲說道：「我只想我女兒將來鳳冠霞帔，風風光光做個一品夫人！」

這時老奶媽等人已聞聲而集，都在門外探頭探腦；孫伯葵便指著老妻向門外說道：「你們聽聽！在做夢。」

孫太太氣得臉都白了；也知道此時爭不出一個結果來，只說：「你等著看好了。阿筠，你自己說，願意嫁到陶家，還是嫁到別家。」

巧筠無法作答，心裡在怨父親糊塗；另外一家倒是那家，也該說個明白。別家如果還不及陶家，莫非也願意改嫁；這不是天生的下賤？

看她低頭不語，孫伯葵大為著急；孫太太與秋菱也一樣地不安。因為這至少已經表示出她的心思多少是動搖了。

「說啊！」孫伯葵問：「到底是跟了姓陶的窮鬼去吃苦，還是嫁到吳家去做闊少奶奶？」

這一說又太顯豁了，若說願嫁吳家，不明明自承嫌貧愛富？氣惱父親不會說話，她賭氣說了一句：「我不知道！」

「怎麼不知道？」孫伯葵真個急了，「我問你怎麼叫三從？」

「女兒——。」

「慢點！」孫伯葵立即打斷老妻的話，「等我說完了你再說。」緊接著他又問巧筠：「在家從誰？」

「在家從父。」巧筠的聲音很輕，但很快，根本不容孫太太有插嘴的空隙。

「你聽見沒有？」孫伯葵大大地舒了口氣，看著他妻子得意地問。

「阿筠！」孫太太滿面嚴霜，「你只說一句看！」

巧筠滿臉漲得通紅，窘迫非凡，孫伯葵便為他女兒解圍：「你何苦逼她！」

這話不說還好，一說倒勾起了巧筠的委屈；「嘩」地一聲哭出聲來，接著踉踉蹌蹌地掩面而去。

秋菱自然趕緊追了上去照料勸慰。孫伯葵眼看大事已定，揚長而去；孫太太卻還不死心，怔怔地坐在那裡，希望秋菱能帶來好消息。

「太太，」老奶媽勸道，「何必跟老爺嘔氣；氣壞了身子，自己吃虧。」

「要氣死！羞死！」孫太太說：「你倒想，像這個樣子，對陶家怎麼交代？」

「那，那也只好商量著看。」

話不投機，孫太太就懶得理她了，老奶媽自覺無趣，逡巡而退，隔了好久，秋菱出現了。

「怎麼樣？」孫太太急急迎上去問。

秋菱搖搖頭，報以黯然的眼神。

「秋菱，」孫太太不甘心地說：「你去告訴姑爺，咬定口不退婚！我倒要看看吳家怎麼來娶我女兒？」

秋菱不作聲。因為巧筠的意向已經跟她說得很明白了；不是不願親操井臼，而是不知如何操作？因為她不善持家，自承是個「拙婦」，嫁給家徒四壁的陶澍，巧婦尚且無以為炊，何況「拙婦」？勉強成婚，於人於己，都無好處。如果母親一定要逼她嫁到陶家只有死而已！

這是嫌貧愛富的託詞，但以死要挾，可知心不可回。這些話倘如據實而陳，徒然傷她們母女的感情；秋菱想了一下，覺得只有含蓄地勸一勸。

「太太，倘如姑爺照辦了；小姐仍舊願意聽老爺的話，那時怎麼辦？」

一聽這話，孫太太楞住了，婚姻要兩相情願，女兒已嫌陶澍孤寒，即令勉強順從，嫁了過去；亦終必成為怨偶，那時三天兩頭回娘家來哭訴，自己就悔之嫌晚了。

「唉！」孫太太嘆口氣，「這真正教沒法子！不過，陶家那面呢？做了對不起人的事，不能說裝聾作啞，管都不管。」

「太太也管不了。人家已經說了，自有辦法讓陶家退婚，那就等他們拿辦法出來好了。」

話雖如此，孫太太仍舊深感關切，「你看，」她問：「他們會用甚麼辦法？」

「總不見得拿勢力來壓；姑爺也不是勢力壓得倒的人。我想，總是好言商量，或者另替——」秋菱發覺「姑爺」這個稱呼已不合時宜，便改了叫法，「另替陶大爺做個媒。」

「但願他好好兒的，另外娶一房賢慧的娘子。」孫太太不自覺地又長長嘆口氣：「唉！——」

飛上枝頭

是楊毅出的主意，由孫伯葵去託原媒——陶澍的一個表叔趙監生出面，正式提出解除婚約的要求。

「雲汀，當初我只是個現成媒人；如果你家老人家還在世，此刻託我去做這個媒，我是敬謝不敏的。為甚麼呢？孫小姐相貌雖好，性情不好；嬌生慣養，吃不得苦，並非佳偶。」

陶澍先不作聲；然後惋惜似地說：「家有賢母，我真不明白，何至於會失教？」

「你知道她失教就好了。雲汀，依我說，不如把庚帖退還女家；我去替你說：要女家加十倍退還聘金，你另娶辦喜事的費用也有了，反而是明智之舉。」

陶澍勃然變色，「表叔，」他冷峻地，帶點質問意味地，「你是不是要我賣妻？」

此言一出，趙監生才知道自己失言了，「我不是這個意思，我不是這個意思！你誤會了。」他說，「我不過是因為我們至親，純粹替你打算，話說得太直了一點，絕沒有輕視你的意思。你不可多心！」

儘管趙監生極力解釋，陶澍終有受辱之感；本來倒是願意無條件退婚的，甚至當初一百兩銀子的聘金都不願收回；此刻卻覺得非有條件不可。

於是，他想一想說：「我那岳母，不，孫太太是我很佩服的。請她親口跟我說一句，她怎麼說，我怎麼辦。」

「那不是強人所難？」趙監生軟語相商，「雲汀，除此之外，可還有別的辦法嗎？」

「除此以外，只有一個辦法，我在安化縣衙門的大堂上，退孫小姐的庚帖。」

「又何至於涉訟？」趙監生知道陶澍的脾氣，越說越僵，只有緩一緩再說，當即起身說道：「我把你的話照樣轉達就是了。」

為了孫太太不肯出面，孫伯葵跟妻子已吵了好幾場了。先是老夫婦倆私下爭執；以後是公然勃谿；到最後竟想策動巧筠來仇視母親，在飯桌上居然這樣子說：「阿筠，你娘不想你過好日子；要看你跟著姓陶的去討飯，她心裡才舒服！」

全家上下都覺得他這話說得太過分了；不過對孫太太的態度，同樣地也覺得不無可議。當然，孫太太自己也知道這不是了事的辦法，無奈要她向陶澍說一句：我女兒不嫁你了！實在比死還難。

這時聽丈夫是這樣惡毒地在挑撥，心如刀割；同時也氣憤難平，不由得就橫了心說：「好！我跟陶雲汀去說：我家嫌貧愛富，不願意跟你結親了。這行了吧？」

「嫌貧愛富」四個字，孫伯葵自覺是無可辯的；但巧筠卻還不受，「我那裡嫌貧愛富！」她將飯碗一丟，哭著奔回臥房，「我那裡也不嫁！我去死！」

「哼！」孫伯葵氣鼓鼓地將筷子一摔，霍地起立，「要逼出人命來了！」說完，掉身就走。

孫太太受父女倆的夾攻，氣得要掉眼淚；一個人坐在飯桌旁邊發楞，心裡對女兒可說是傷透了心。同時也怕出了人命；橫一橫心，決定老著臉去跟陶澍說兩句好話。不過她也下不了決心，不認吳家這門親，到女兒喜期的前幾天，託病躲了起來，眼不見為淨。

「太太！」

孫太太微微一驚，抬臉看時，是老奶媽在她身邊，一臉詭秘的神情；不由得心裡著慌：「出了甚麼事？」她聲音都有些發抖了。

「沒有事，沒有事！」她放低了聲音說：「我有個主意，不知道使得使不得？」

孫太太鬆了口氣，「好啊！」她催促著：「你快說。」

「我在想，能把秋菱嫁給陶家姑爺，也是一個交代。」

這是一個簇簇生新的主意；孫太太一時還不能接受，愣了一會，慢慢細想，覺得確是一條路，不由得精神一振。

「你來！」她將老奶媽帶到自己臥室裡，坐了下來，悄悄商量：「秋菱肯不肯呢？」

「大概會肯。」

「你從那裡看出來的？」

「秋菱總說陶家姑爺好，就是窮一點，別的呢，說人品有人品，才情有才情。」老奶媽又說，「何況現在又是幫主人家忙。」

孫太太點點頭，「秋菱有良心，顧大局，或者會肯。不過，」她說，「好像太委屈了她。」

「嫁過去，起初的日子是苦一點；不過到底是秀才娘子——。」

「甚麼？」孫太太打斷了她的話，「是大不是小？」

「秋菱老早說過，不肯做小，太太又不是不知道。」

孫太太記得，彷彿是有這麼一回事；此時亦沒有閒功夫去搜索記憶，只說：「這一來，男家太委屈了，只怕人家不肯。」

「這也有個法子，太太認秋菱做女兒好了。」

「哦！」孫太太覺得這是個好辦法，「這說得倒也是。」

「太太，」老奶媽也是急於想隨巧筠「陪嫁」到吳家，去過幾天風光的日子，所以極力慫恿，「陶家姑爺既然說道，最佩服你這位老泰水，當然會聽你的話。明天我陪太太去看陶家姑爺，話要這麼說，說你為了捨不得這個好女婿，才想出這麼個變通辦法。陶家姑爺看你的面子，就委屈一點也認了。」

孫太太又從頭細想了一遍說：「這件事，現在倒是我在陶家姑爺那面反而有把握；秋菱這面，要先好好跟她說一說。」

「這要太太親自開導她。」

「當然。」孫太太說：「你把她去叫來；你自己可不要來！」

「我知道。」

不多片刻，秋菱來了；孫太太親切地握著她的手說：「你坐下來，我有話說。你的手好涼！」說著把自己的雪白銅手爐，遞了過去。

秋菱頗有受寵若驚之感，「我不冷，我不冷！」她不肯接那手爐。

「那末，你坐。」

於是秋菱拖過一張擱腳的小凳子來，坐在孫太太膝前，仰臉問道：「太太，是甚麼話？」

「你給我做女兒好不好？」

秋菱一楞，不相信主母是句真話；只眨著眼在想，不知主母說這句話是何用意？

孫太太發覺自己的態度錯了，不應該含著笑說，倒像是在開玩笑；因而正一正顏色說道：「秋菱，我不是跟你說著玩的。我先告訴你，我為甚麼有這個想法，我要爭氣，我生的女兒不爭氣；我要個爭氣的女兒。」

她的話說得很快，秋菱要想一遍才弄得明白。弄明白了還是不能相信她出於真心；看樣是在嘔氣。

「太太，」她說，「你何必生小姐的氣——。」

「不！」孫太太打斷她的話說，「我不是生氣，我是要爭氣。你姊姊已拿我氣出肚皮外了；現在只巴望你替我爭氣。」

「你姊姊」三字，在秋菱頗有新鮮的感覺；不由得在心裡默誦了幾遍，有著說不出的一種驚喜；同時在想，竟是不由分說，認女兒認定了。不過，隨即便有警惕，非分之榮，不可隨便接受；此時改口叫「娘」，萬一變卦，豈不是一件極尷尬的事。

想了一下，她覺得有句話最可注意，「太太，」她問，「我還不懂要爭甚麼氣？」

孫太太感到這句話很難說；凝神考慮了一下，決定從遠處兜近來，「秋菱，」她問，「你是常常去看陶姑爺的；照你看，他到底有沒有出息？」她又加了一句：「你要憑良心說，不要騙我。」

秋菱不知她是何用意？只好照她的要求：「憑良心說，姑爺是有出息的。」她一面說，一面點頭。

「你是從那裡看出來的呢？」

「每次去，姑爺總是在用苦功。」

「還有呢？」

「還有，」秋菱想一想答說，「姑爺從來不現寒酸相。」

孫太太對這句話深感滿意；而且信心大增，「我告訴你！」她說，「我也捨不得這個女婿。既然大女兒不肯嫁；我把我的二女兒許給他。」

一聽這話，秋菱心頭如小鹿亂撞；一張臉燒得像紅布一樣，燒得頭都暈了，趕緊用雙手扶住；同時也遮住了臉。

「你懂我的意思了吧！」孫太太問：「你肯不肯替我爭這口氣？」

秋菱是千肯萬肯；但這不是一廂情願的事。心裡是這樣在想；喉頭卻如築了一道壩，隻字不出。

孫太太當然懂得女兒家的心理；談到婚事，沒有一個會爽爽快快說一聲肯與不肯的。因而想出一個變通的辦法。

「你如果肯，就叫我一聲娘。」

秋菱很感激孫太太的體貼；但仍舊很吃力地才能吐出一個字來：「娘！」

「乖女兒！」孫太太撫著她的頭，很高興地說：「就是你不肯，我還是要你做我的女兒；回頭我挑日子，就在年裡，要請請客，跟親戚見個禮。」

秋菱覺得這一聲「娘」喊了出來，別的話就容易說了；當時抬起臉來說：「娘！我一定孝順，我一定爭氣。不過，那件事請娘要好好想一想，也許人家不願呢！」

「是的。我要探探他口氣；他不願，莫非我硬要把女兒嫁他？沒有那麼賤！」孫太太又說，「這要看他是不是聰明？不聰明就會得福不知；也就沒有甚麼可惜了。」

秋菱口裡答應著，心裡很亂；她忽然發覺迷失了自己的身分，不知道該做甚麼，該說甚麼？那種上不在天，下不在地的不踏實的感覺，使人很不舒服。

孫太太卻很起勁，只為做了一件自己所喜歡的事，因而激起一片對秋菱的愛心，彷彿真有這麼一個待嫁的女兒一樣；瑣瑣碎碎的關切都想到了。

「你的頭髮該好好通一通。不然，索性生一個大火盆，把屋子烤暖了，你把頭髮洗一洗。」

秋菱的頭髮很多，梳了根又粗又長的辮子；這幾天幫著料理燻臘肉，頭髮上沾了油灰，一摸上去滯手，真是該洗一洗才會乾淨。可是，這會遭人罵一聲「輕狂」；甚至還會撇著嘴說一句：「小姐還沒有真的當上，小姐的派頭倒已經擺出來了」

這樣一想，不由得就說：「不要，不要！沒有那麼講究。」

「你可別說這話。以後你得想著你也是有身分的人，該當講究的要講究；講究不起是另外一回事，可不能沒有那種心。再說，講究也不是要戴寶石戒指珠耳環，布衣服洗得乾淨，漿得挺括，也是講究。」

對這番教訓，秋菱倒是隻字不遺地都聽入耳中了；而且覺得其中大有道理，值得好好去想一想。

「你倒杯茶來我喝。」孫太太說，「今天，話可真說多了。」

秋菱便去倒了茶來，遞過去時，孫太太看到她的手，忍不住又有話說。

她左手背有一塊鼓起的贅肉，是六年前為磨盤壓傷了留下來的創痕，「你別嫌你這雙手不好看。」她說，「男人的手要細軟；女人的手要粗糙。男人的手細軟，可知不是粗人；女人的手要粗糙，就是會持家的。懂這個道理，你姑爺不會嫌你。」

聽到最後一句，秋菱的臉又紅了；腦中浮起陶澍的影子，心裡在想，他的手一定是細軟的。

看她那種情思悄然，心神不屬，而嘴角始終有著掩不住的笑意的神情，孫太太便知她那一片心已飛到了陶澍身邊。這當然是孫太太所樂見的；並且深受鼓舞，不由得激發了意氣，要跟自己的女兒認認真真地辨個是非。

這份意氣在旁人看來是可笑的；而在孫太太卻是唯一可以使她心安理得，存身立命的大事。

「阿菱！」孫太太摸著她的頭說：「認女兒是認女兒；把你許給誰，是你的終身大事。這兩件事，你不可混在一起。你懂我的意思不懂？」

「娘是說，娘真的喜歡我，想我做個孝順女兒；不過，不過，不過——。」秋菱怎麼樣也無法彰明較著的談論自己的婚事，掙紅了臉，好久才想出一句含蓄而顯豁的答語：「娘說是兩件事；我看是一件事。這件事，娘不必操心。」

她是心甘情願嫁陶澍；孫太太深感欣慰。但婚姻大事，畢竟要有一句確確實實的答語，才不致貽悔終生。因此，孫太太以鄭重警告的語氣說道：「阿菱，你要好得想一想，你嫁過去會很受苦。」

「不怕！」

「不但受苦，而且還要你去張羅。」

「只要張羅得動，怕甚麼？」

「滿飯好吃，滿話難說；你總記得這句話吧？」

「娘！」秋菱問道：「是我話說得太滿了？」她偏著臉怔怔地想了一下說：「我不知道我甚麼話說得太滿了？」

「你說，只要張羅得動，你不怕費力去張羅。這話說得太滿了。世上儘有張羅得動的人，不肯去張羅；因為仰面求人是最難的事。你沒有經過不知道！」

秋菱默然半晌答了句：「情願自己苦，也不要去仰面求人。」

「對！」孫太太欣慰異常，「這才真正有志氣。」

當天晚上，孫太太沒有拿這件大事告訴丈夫，因為他酒又喝醉了。直到第二天午飯以後，看他精神好得多了，方始開口。

「女兒的婚事，到底怎麼辦？」

一聽這話，孫伯葵就翻了，「問你啊！」嗓子極大。

「你別跟我吵，我是跟你談正經。本來倒有很好的一個法子，你聽不下去，那就算了。」

聽得妻子平靜的語氣，體味一下話中的涵義，孫伯葵軟化了。

「我也不是跟你吵！幾十年的夫妻吵得出一個什麼名堂來？我只不過心緒不好。」他儘量裝出委屈的聲音，「你又不肯體諒我。如果你肯體諒我，我當然聽你的。」

「你要聽我就聽到底，不能打半點折扣，行不行？」

孫伯葵考慮了一下，毅然決然地答了一個字：「行！」

「那麼我說，你要把阿筠改許吳家，我可以跟雲汀去說。不過我另有說法：『我還有一個女兒，替她姊姊嫁給你。』」

「你這是什麼說法？」孫伯葵莫名其妙，「還有個女兒在那裡？」

「自然是在我們家，我把秋菱認作女兒了。」

孫伯葵大出意外，眼珠亂轉了好一會，弄清楚了是怎麼回事，不由得大為興奮；但先須問明白：「你認她做女兒，她自然心甘情願；可是肯不肯嫁到陶家呢？」

「肯。」

「問過她了？」

「問過。」

「那末，陶家呢？肯不肯做我家的丫姑爺？」

聽得這話，孫太太大感不悅，面如嚴霜地久久不語。

「太太，」孫伯葵陪笑問道：「莫非我話說錯了？」

「豈止說錯，你的想法就錯。人家本來肯的，衝你這種態度，人家就不願意了。你心目中還把秋菱當作低三下四的人，自己做踐自己；怎麼又能受人尊敬？」

孫伯葵恍然大悟，一躬到地，「太太，」他說，「我錯了！」

孫太太面色緩和了，「她現在小名叫阿菱。阿菱自己也有這一層顧慮，我已經開導過她了；如果雲汀不要她，是雲汀自己沒福氣。我們可不能因為這樣子，就不當她是女兒。你要是心裡這麼想，事情才會圓滿。」

孫伯葵心想，陶澍要不要秋菱是另一回事；反正這一來，巧筠的庚帖必可收回，那就是秋菱的大功一件，將來賠一份嫁妝，另許他人，也是該當有的報酬了。

於是，他連連點頭：「我想通了，我想通了！我拿她當親生女兒看待就是。」

「好！」孫太太表示滿意，「可有一層，光你想通了還不行；要阿筠也真心情願拿她當親生妹子看。」

於是孫伯葵興沖沖地去看女兒；從窗外望去，只見巧筠在悄悄對鏡垂淚，不由得在門外就喊了起來，「別哭了！」他說：「『山窮水盡疑無路，柳暗花明又一村。』」

一面說，一面踏進房去；巧筠轉臉過來；眼圈紅紅地將堆在椅子上的衣服拿走，好容她父親坐下。

「你娘待你還是好的！」孫伯葵說了良心話，「她出了一個主意很高明，比原來還好。」

巧筠當然將這幾句話一字不遺地都咀嚼了一遍，心裡在想，父親難得誇讚母親，此刻的語氣竟是心悅誠服，那就不知道這個柳暗花明的又一村是如何動人了。

這樣想著，迫不及待地想要瞭解是何高明主意？但剛剛哭過，臉上傷心的神情，一時還改不過來，仍舊是矜持地不語，只坐在父親對面，表示靜待下文。

「你娘的意思，」孫伯葵開門見山地說：「拿秋菱認作你的妹妹，陶雲汀做你的妹夫。秋菱已經肯了，也改了小名阿菱。至於陶家，你娘說有把握，如果不願，只怨他自己。反正你的庚帖，他是非退回來不可。」

原來是這樣一個主意！巧筠自然高興，只是不便擺在臉上，只說：「秋菱本來比我小。」

「比你小是一回事，你是不是當她親妹妹看，又是一回事。你娘說了，你如果不是這樣子——。」

孫伯葵發覺自己的話太多了，趕緊縮住，想一想說：「不會的！你自然拿她當同胞姊妹看。」

「秋菱——。」

「不！」孫伯葵糾正她。「你要叫阿菱，叫新的小名，就表示承認她新的身分。」

「阿菱，」巧筠從善如流，立即改口，「跟我一起長大的，本來就跟同胞姊妹一樣。」

「你這樣想就好。」孫伯葵放低了聲音說，「你哄哄阿菱，實在是哄哄你娘。」

巧筠抬臉看了他一眼，倏又垂眼。口中雖無表示，意思是很明白的，完全接受父親的意見。

這天晚上孫家很熱鬧。人還是那幾個人，不過，話說得多了，進進出出腳步也輕快了，笑聲不斷，鍋杓亂響，因而就顯得很熱鬧了。

秋菱大部分的時間在「姊姊」屋子裡。頭一聲叫「姊姊」，極其艱難，一叫開頭就容易了。巧筠可不同，頭一聲「妹妹」就叫得很自然，也很親熱。

「妹妹，你看，」巧筠將衣箱打開來，揀自己不多幾件的心愛衣服，一件件抖開來，往自己身上比，「這件好不好？」

秋菱自然說：「好！」

「你說好，你拿去穿。」

「不！姊姊你喜歡的——」

「我嫌小了。」巧筠搶著說，「你穿正好。」

穿上巧筠的茄花色寧綢的絲棉襖與湖色紡綢的裙子，秋菱頗有手足無措之感。尤其是第一次穿裙子還不懂輕移蓮步的訣竅；動輒踢得裙幅窸窣作響，自己都覺得不好意思。

送了衣服還要送首飾；捧出一個拜盒來，打開蓋子，首先看到的，也是最貴重的，還只是陶三姑送來的那四樣東西。

「妹妹，」巧筠出奇地大方，「我們一人一半，你挑兩樣。」說著，拿起寶石戒指便要往秋菱手指上套。

秋菱頗有受寵若驚之感；但也知道，絕不能受這一份好意，否則會讓陶澍看不起，「多謝姊姊！」她被巧筠拉住的手掙不脫，用另一隻手去推拒，「我絕不能要！」

「為甚麼？」

「不是說，『君子不奪人所好』嗎？」

「不是你奪！是我自己願意送你的。」

「那也不能要。」

「為什麼？」同樣的三個字；這一回，巧筠的語氣顯得嚴重了。

秋菱深悔自己的話說得太硬，便先道歉：「姊姊，對不起！」她陪笑說道：「看起來我好像不識抬舉。不是的。我是在想，這四樣東西，不比普通首飾；姊姊應該原封不動帶到姊夫家。」

巧筠臉一紅。她從來沒有跟秋菱說過這四樣珍飾的來源；不過彼此心照不宣而已。此刻聽秋菱的話，覺得很有道理；便不再堅持了。

「那末，你挑兩樣別的。」

別的首飾都不怎麼值錢；秋菱反倒是高高興興地挑了一支金簪子、一副點翠銀押髮；謝了又謝。

「大小姐、二小姐！」小ㄚ頭青兒帶些頑皮的笑容喊道：「快開飯了，老奶媽叫我來請。」

於是，巧筠收拾了拜盒，攙著秋菱一起到堂屋，一路走，一路低聲教導，「走慢一點！走慢一點！」她說，「步子越小，裙子越不會動。」

秋菱是大腳，要裝小腳是件非常彆扭的事；但也無奈，只好強自抑制著，一步一步移向堂屋，但見高燒一對紅燭，懸起一幅南極仙翁，彷彿是做生日的樣子。

但長桌子前面又並列兩張椅子，卻又像新婦「廟見」的格式；秋菱正在猜想時，老夫婦雙雙出現，老奶媽已將一方紅氈條鋪在地上，權充贊禮的賓相等兩老坐定，說一聲：「老爺、太太，受二小姐的禮。」

「請吧！」巧筠攙著她的右臂，步向紅氈；竟是反主為婢，來服侍秋菱。

「不敢當！」她輕輕說一句，隨即在紅氈條盈盈下拜，口中喊道：「爹、娘！」喊完，恭恭敬敬磕了三個頭。

「乖女兒，起來，起來！」孫太太說。

「好！從此更是一家人了。」孫伯葵也是滿面笑容，「你們姊妹也是見見禮。」

於是巧筠在東，秋菱在西，姊妹倆相對一拜。接著是老奶媽與青兒等人見禮，照孫太太的吩咐，正式改稱為「二小姐」。

禮畢家宴，孫伯葵居中坐下，左顧孺人，右撫嬌女；天大的心事，一旦解消，不由得又喝得酩酊大醉，扶入書房，倒頭便睡。

秋菱原來睡在巧筠後房，已非丫頭的身分，寢處也應該變一變；孫太太的主張，讓秋菱在她床前搭一張小床，母女一房睡。關上房門，自然有些私話說。

「你姊姊對你怎麼樣？」

「當然好。」秋菱答說：「她還硬要把她那四樣首飾分一半給我；我硬辭才辭了的。」

「你怎麼說？」

「我說姊姊應該原封不動帶到吳家，才是道理。」

「你倒沒有說，你不便帶到陶家？」

「沒有。」秋菱低著頭，輕輕答了這一句；忽又抬頭說道：「娘！今天給你們兩位老人家磕過頭了，用不著再請什麼客。」

「為什麼？」孫太太說：「親戚朋友也不多，我算過了，外面請三桌，裡面請兩桌。也花不了多少錢。」

「花錢是一樣；還有一樣——」

「還有什麼？」孫太太催促著，「你怎麼不說下去？」

秋菱是無法出口。她的想法是，突然之間收侍女為義女，親友不免奇怪：要打聽原因，自然不難；打聽清楚了，自然又會當作新聞，那一來可能會使得陶澍難堪；不如不張揚為妙。

「你說呀！」孫太太頗為困惑，將她摟在懷中，慈愛地說，「你在我面前，還有什麼話不能說的？」

終於，偎依在孫太太膝下，秋菱委婉曲折地表達了她的看法，孫太太覺得她的顧慮應該重視，陶澍的看法更應該尊重，所以深深點頭，表示一定會慎重行事。

「我在想，」孫太太說：「最要緊的是雲汀的意思。俗語說『醜媳婦終要見公婆面』；如今我是難為情的丈母娘終要見女婿的面，既然這樣，不如早去看他一看，把話說明白了它。」

秋菱對這一點不置可否；只說：「他的生日快到了！」

孫太太沒有理她這句話，生日到了，應該有所餽贈，作為祝賀，那是禮節上的小事；孫太太要研究的是他們的大事。

「我明天帶了老奶媽去；見面要有個說法。我們自己先打算好。阿菱我倒問你；如果年裡就把你嫁過去呢？」

秋菱瞠然不知所答，覺得這件事有些不可思議，從古到今，只怕沒有這樣匆忙的姻緣。

「我在想，什麼虛文都不必講；要講實際，要於雲汀真正有益。從沒有家而有家，沒有人照應到有人照應；讓他安心用功，明年秋天就可以揚眉吐氣。要這樣，他的委屈跟你的委屈，受得才值得，你說呢？」

這幾句話激起了秋菱的雄心；能夠體貼入微地將陶澍照料得毫無後顧之憂，到得明年重陽一過，泥金報捷，那是多麼可得意之事？

她在想，自己一個孤女，不是為人作妾，便是嫁個轎伕、長班，至多做個油鹽店、雜貨鋪的內掌櫃；誰知居然會做舉人娘子！這種意外天賜的機會，如果錯過了，自己都對不起自己。

「怎麼老不開口？阿菱，我有句很老實的話，不知道你要不要聽？」

「娘儘管說，說了我自然聽。」秋菱不安地，「怎麼還要先問我。」

「我是怕話不中聽，所以先要聲明一句。等你嫁過去了，裡裡外外都要靠你一個人；你可要拿得出來！腼腼腆腆，凡事不好意思說，就幫不上丈夫什麼大忙了！」

秋菱接受了這一番鼓勵，「娘教訓得是，」她抬起頭來說：「我都聽娘的意思，不過他家的境況，娘也是知道的；我怕我力不從心，膽子有點小。」

「我知道，我知道，我當然也想過。」孫太太低聲說道：「我給你看樣東西！你爹、你姊姊都不知道，你也別跟他們說。」

孫太太起身開了櫃子，取出一個上鎖的拜盒；開了鎖拿出一扣摺子，遞給秋菱。

「你看！打開來看。」

揭開摺子，第一頁便有一個「書柬圖章」，她看不懂篆字；只看到一行一行寫著某月某日存銀多少兩；下加一行積累的總數。最末一行記明「連前總計存銀一百一十八兩五錢正。」

「這是我悄悄積下的私房，原意給你姊姊帶了去；如今自然是給你了。」孫太太說：「錢存在春記茶行；明天我去換個摺子、換個圖章。你慢慢貼補家用，省一點總有個一兩年好維持。」

將摺子接了過來，秋菱的手只是在抖；熱淚無聲地流一臉——從小不知道什麼叫親情的她，這時忽然感受到了親情，烙痕一樣刻在心頭；此一刻，她知道是終生難忘了。

「別這樣！」孫太太也是不辨自己心中，酸楚還是甜蜜；一面拿手巾為她拭淚，一面問道：「明天我去了，你有什麼話要我跟他說？」

「沒有。」

「你再想想看！」

話是真沒有；但朦朦朧朧，無法出諸口舌的意思卻很多；這些意思就是嫁過去了，怕也得隔好久好久，才能明明白白表達；有些意思，甚至到老到死，都還只是隱隱約約，留存在方寸之中。

「真沒有也就算了，反正將來儘有得說。」

各有因緣莫羨人

對於孫太太的不速而至，陶澍多少感到意外。他原來以為這位已成過去的岳母，會打發秋菱來談這件事；他是打算好了的，只要孫太太覺得他是受了委屈，他立刻將巧筠的庚帖退還。庚帖已經早用一個梅紅信封套好，擺在書桌上；他起身迎接時，便已持在手中。既然魚軒親臨，他覺得一切都夠了；所以不等孫太太開口，先就將信封遞了過去。

「這是什麼？」

這一問才真使陶澍覺得意外；他怎麼也不相信，孫太太會不知道內有何物！然則何以明知故問？縱令如此，仍不能不答：「是筠小姐的八字。」

「喔！」孫太太說，「她的八字不好。」

隨隨便便地說；隨隨便便地接了過來，順手遞了給老奶媽。當然，不必使眼色示意，老奶媽也會避開。

「雲汀，」孫太太說，「你知道不知道，我還有一個女兒？」

「這──？」陶澍不知如何回答了。

「我另外的一個女兒，八字生得比阿筠好。模樣兒當然不及阿筠，但也是富富泰泰的福相；操持家務，自然也遠比阿筠在行；至於性情，姊姊更不及妹妹。我這第二個女兒，將來一定是賢妻良母。雲汀，你仍舊做我的女婿！」

陶澍如墮五里霧中，無從想像這是怎麼回事？莫非孫太太是再醮之婦；與前夫生有一女？可是，怎麼從未聽說呢？

「雲汀，我在等你一句話，到底願不願意做我的女婿？」

陶澍讓她這一逼，倒逼出一句很巧妙的話：「但願如此！」

這意思是你一女退縮，那裡另外還有個女兒？所以用了「但願」二字。孫太太卻不滿意，要他明明白白回答。

「別說什麼但願不但願！要嘛願意，要嘛不願？」

那裡有這樣子締姻的，陶澍不免啼笑皆非囁嚅了好一會說：「孫太太，不知道還有位令嫒刻在何處？」

「雲汀，」孫太太嘆口氣，「也不能怪你！你一口氣不出，冤家做到底了。」

這是她的激將法，也是看準了陶澍本性重情義，有意硬壓他——她是抱著破釜沉舟的決心來的；不然對秋菱會無法交代。當然，她也確信陶澍娶秋菱，一定比娶巧筠來得美滿。

果然，陶澍不安地說：「伯母，我願意！」

孫太太臉色頓霽，「既然願意！」她說，「怎麼叫我伯母？」

「是！岳母。」陶澍索性下跪磕了個頭。

「請起來，請起來！」這回是孫太太不安了；怕一說破真相，陶澍會大失所望，那時豈不尷尬？這樣想著，不免失悔；自覺手段過於霸道，還是應該慢慢兒一步一步地談，談得兩相情願，水到渠成，方是美滿姻緣。

此刻無法，只有照實而言了，「雲汀，我那個女兒遠在天邊，近在眼前，你是常見的。」說到這裡，便喊一聲：「老奶媽！」

陶澍已約略察覺到了，心裡在想，如果只是為了索討巧筠的庚帖，出此搪塞之計，大可不必。因而臉上的顏色，便不怎麼好看了。

孫太太很機警；等老奶媽一進來，她使個眼色方始說道：「你倒說說二小姐的好處！」

「二小姐的好處說不盡。」老奶媽先虛晃一槍。

接著，老奶媽且想且說，將秋菱的勤儉、能幹，特別是賢慧，大大誇讚一番。陶澍竟大為心動了。

這一齣「雙簧」的效果很好，當老奶媽口講指畫，吸引住陶澍的視線時，孫太太在一旁很冷靜地觀察他的臉上表情的變化，由姑妄聽之轉變為留意傾聽；再轉變為嚮往不已，她知道快水到渠成了。

於是等老奶媽講得告一段落，她接口說道：「我這第二個女兒可惜有一樣不足；不過現在也彌補過來了。」

「岳母，」陶澍問道：「二小姐有那樣不足，如何彌補？」

「她從小寒微——。」

這是一句話的半句。孫太太故意如此說；也仍舊是探測的意思；倘或陶澍恍然大悟，接著出現了不屑及峻拒的表情，還來得及另想別法補救。

陶澍當然是恍然大悟了！而且連她未說出口的半句亦已猜到：秋菱從小寒微，是她不足之處；不過既已認作女兒，也可以說是彌補了不足之處。

事情是很明白了，陶澍自不免有受了委屈的感覺；但一想到秋菱每趟來，總是一臉關切之情，噓寒問暖，雖說是假借孫太太或巧筠的口氣，也要她願意說才行。再想到她每一趟來，除了一張書桌以外，從床鋪到置在廊上的炊具，都要收拾得乾乾淨淨，幾無例外；這更是非她自己心甘情願不可。想到這些，委屈的感覺消失了。但是有件事他覺得非弄清楚不可，秋菱之委身，是她本人願意的呢？還是為了解除主人家的困境，勉強犧牲？

於是他問：「二小姐對我的境況，當然很瞭解？」

聽得這一問，孫太太已可確定，陶澍不但知道「二小姐」是誰；而且已經願意娶「二小姐」了。這是要緊關頭，應答切須慎重。

她不但考慮這一句，還要考慮下一句；明白了陶澍的意向，便如智珠在握，非常從容了。

「是啊！」她說，「她如果不瞭解，怎麼肯嫁你？」這就將陶澍第二句要問的話都回答了。

陶澍想了一會說：「既然如此，岳母我有個不情之請，能不能讓我跟二小姐當面談一談？」

這個請求，令人深感意外，孫太太倒不知怎麼回答才好；幸而老奶媽的詞令也很妙，她笑著說道：「二小姐的身分跟從前不同了，姑爺要看她，恐怕不容易。」

這話提醒了孫太太，立即接口：「對了！也許她害臊不好意思。等我來問問她；我替你勸她就是。」

她們一主一僕的話，確確實實證明了「二小姐」就是秋菱。這場意外的喜事，陶澍雖已決定接受，但還不知道事實上有沒有障礙，需要從頭細想，因而出現了沉默的場面。

「其實，沒有幾天，你們就談不完了。」孫太太說道：「雲汀，我是為你設想，我看年內就辦喜事，好不好？」

「這，這，」陶澍簡直不知道怎麼說了，最後好不容易擠出一句話來：「一定來不及！」

還有三天便是除夕。喜事不管如何簡陋，也嫌匆促；孫太太自己也覺得這個主意忒嫌輕率，便即改口說道：「那末在明年正月裡，挑個元宵以後的日子？」

「是！」陶澍答說：「最好晚一點，我好稍為預備預備。」

所謂「預備」，自然是籌措迎親的費用。這一層，是孫太太最感為難的地方，她真是所謂「愛莫能助」；就有力量幫他一兩百銀子，也不能開口明說，怕傷了陶澍的自尊心，好事變成僵局。

她想了一下說：「你們是患難夫妻。阿菱是來跟你共患難的；怎麼樣她都不會嫌委屈；只要你能安心用功，她是什麼苦都能吃。」

不但揭露了名字，也道明了秋菱的志向；陶澍既愧且感，低著頭不作聲。

「雲汀，」孫太太接著又問，「你說辦喜事要多少錢？」

「總得要幾百兩銀子吧？」

「那要這麼多？」孫太太說，「嫁妝是現成的。我二女兒先出門，當然把大女兒的那副嫁妝先給她。你另外租一處清靜的房子，我把嫁妝發過來，從新房到廚房，什麼都不用你費心。請客可豐可儉；我看請個兩桌客就夠了。一共花不到五十兩銀子。」

「五十兩銀子我可以籌得出來。」

「你怎麼籌法？」

「我，」陶澍說了老實話，「對面的汪朝奉，人很熱心；向他暫借五十兩銀子，一定不會碰壁。」

「那好！此刻就可以挑日子。」

挑定的日子是明年正月廿六；佳期在整整一個月之後。

孫太太帶回來兩份庚帖，一份是巧筠的，退婚已成定局；一份是陶澍的，他仍舊做了孫家的女婿，亦成定局。

孫伯葵自然高興得很，接過巧筠的庚帖向妻子作了一個揖，笑嘻嘻地說：「微夫人之力不及此！」

孫太太也覺得很得意；但一想到巧筠不能嫁陶澍，總有怏怏不足之感。當然，只有她一個人有此感覺；其餘上上下下，無不笑逐顏開——當然不是為了秋菱的喜訊，而是嚮往著吳家這門闊親戚。

話雖如此，表面上卻不能不裝做是秋菱帶來的喜氣。首先，巧筠便像真的是胞妹將要遣嫁一般，拉著秋菱的手，絮絮不斷地為她指點衣飾，這樣要給她，那樣也要送她，大方得很。

孫伯葵卻不如女兒慷慨，跟孫太太商量：「阿菱，總要陪嫁她一點什麼吧？」

「不是什麼一點。」孫太太率直答說，「現成的全副嫁妝。」

「你是說，」孫伯葵吃驚地問：「替阿筠預備的全副嫁妝。」

「當然。她替阿筠嫁雲汀，理當用她的全副嫁妝。」

「那，那似乎不大合適吧？」

「怎麼不合適？」孫太太沉著臉說，「我已經答應雲汀了。」

「不是我小氣。」孫伯葵又說，「明年也要辦阿筠的喜事，嫁妝也不是幾個月備辦得全的。」

「我不管你那些！」孫太太又說，「你管阿筠，我管阿菱。我倒要看看，到底是你的眼力好，還是我的眼力好！」

如果在平時，孫伯葵為這句話，就得跟妻子吵架；這天因為孫太太立了「大功」，所以心甘退讓，連連說道：「都好，都好！你的眼力高；我的也不低。」

不過，孫伯葵只稍微多想一想，便覺得只賠一副嫁妝，實在是件很便宜的事；因為吳家託楊毅去向陶澍活動，解消婚約，原是預備了兩千兩銀子作花費的。楊毅當然要跟孫伯葵合作；講妥除了應該支出的費用以外，剩下的錢楊毅得六成，孫伯葵得四成。辦嫁妝有本細帳，一共三百多兩銀子，可以跟楊毅要了來；另外還有六、七百兩銀子的好處，實在應該很知足了。

因為如此，反覺得對秋菱應該有所表示，所以在晚飯以後，將孫太太邀到他的書房裡，和顏悅色地說：「阿菱在名分上到底也是女兒，不能委屈她，讓別人看著，好像偏心。我想另外陪嫁她四個大元寶。太太，你看如何？」

孫太太大感意外，不由得笑了；「你總算也知道好歹。」她心裡在想，有四個大元寶壓箱底，加上那筆存款，秋菱的日子就不會過得太苦，自己更可以放心了。

「我明天託藩庫的朋友去換四個簇新的官寶來。」孫伯葵興致勃勃地說，「阿菱的喜事，我再花它二百兩銀子，好好請個客。」

「也不必鋪張。」孫太太說，「倒是三朝回門，你要請幾位有面子的客來陪新女婿。雲汀的體面，就是阿菱的體面。」

「對！我來安排。」

「你預備請那些客，最好先開個單子，大家商量、商量。不要把不合時宜的客請來。」

「我知道，我知道！」孫伯葵心知她指的是吳良與楊毅，「我不能連這一點都不懂，拿好好的場面搞糟了。」

孫太太點頭，頗為滿意。回到臥室，隨即找了一張新梅紅箋，又找了本繡花用的樣本，找到雙喜的圖樣，細心照剪；剪到第二個，秋菱進來了。

「娘在剪什麼？」

「你看！」

秋菱定睛一看，紅著臉不再多問，悄悄溜了開去；孫太太卻將她喚住了。

「阿菱，你知道我鉸這個花樣幹什麼？」

「不知道。」

「是貼在大元寶上。你爹陪嫁你二百兩銀子，預備去找四個簇新的大元寶。難得他肯用這分心思。看來他也是喜歡你的。」

「爹喜歡我，我知道。」秋菱答說，「不過爹給的這二百兩銀子，我不敢要。」

「為什麼？」

「我怕，」秋菱很為難地說：「怕他會不高興。」

孫太太一楞；然後明白了。這個「他」當然是指陶澍；他又為什麼不高興呢？必是認為陪嫁秋菱的這四個大元寶來自吳家。

怪不得！孫太太在心裡想，丈夫會這麼大方，又是陪嫁現銀，又要大大請客。如果出於他自己的積蓄，那裡肯這麼散漫花錢？

「你的話對。不過，」孫太太躊躇著說：「難得你爹對你有這番意思，倘或不受，他心裡不高興，你們父女的感情也要緊。」

「是！」秋菱想了一下說：「我不敢說不要。可是，我絕不會用。」

「對！這才是有志氣的。」孫太太很高興地說。

接下來，孫太太便細談與陶澍見面的經過。對於這一場交涉，她是很得意的；但講給秋菱聽時，有些話會傷她的自尊，不便出口。同時孫太太也很誇獎老奶媽，說她桴鼓相應，很巧妙地將一些不易自圓其說的漏洞補了起來；也把一些很難回答的話，輕易地應付過去，此行有此成就，老奶媽功不可沒。

其中也談到陶澍想跟秋菱見一面，老奶媽以她的身分與前不同，而婉言拒絕，孫太太認為非常得體。可是別的話秋菱都能同意，唯獨這一點她的想法跟孫太太不一樣。

「娘，」她說：「其實見一見也不要緊。」

孫太太一楞，「我倒沒有想到，你願意見他。」她說，「不過，我還是想不通。不能不見嗎？」

「那當然也可以。」秋菱答說，「娘，我總疑心，他不是真心願意，我想當面問問他。」

孫太太覺得有些傷腦筋，好好的事，秋菱忽然生此疑慮；見面一問，話說僵了，這頭姻緣可是禁不起挫折的。

有了這樣考慮，她決定打消她這個意思，「阿菱，」她說：「你莫非不相信我？」

「那裡的話？」秋菱惶恐地說：「我絕沒有這個意思。」

「既然如此，你就不必跟他見面了。我告訴你，他是真心願意要你；你不必瞎疑心。」

「是！」秋菱答說：「娘既然這麼說，不見他也行。」

話雖如此，態度卻有些勉強。孫太太心裡有些不甘；明明是件極美滿的事，為何她會有這種態度？這一點不把它弄清楚，心裡拴個疙瘩過年，何苦？

「阿菱。」她重開辯論，「你想問他什麼話？」

「我不是要問他，我要看看他的樣子；就知道他是不是真心願意。」

「那怎麼看得出來？」孫太太又說，「就算看出來了，他嘴裡不說；你嫁不嫁他？」

問到這話，秋菱知道不能因為害羞不答，不然會引起極大的誤會，所以低聲而很清楚地答了一個字：「嫁！」

「好！那就不必看他的樣子了。等你嫁了過去再說。阿菱，我告訴你做人做人，要自己做！他並沒有不願意娶你的意思，即使心裡稍微有一點不情願，只要有了感情，自然就不嫌了。」

「是！」

「如果你真的要跟他見一面，我也不反對。」孫太太又說，「不過，如何見法，很難安排；弄得不妥當，傳出去當笑話說就太不上算了。」

「是。」秋菱仍然是很柔順地；停了一下說：「每年年三十，他的生日，總是我送菜、送麵去。今年——。」她笑笑沒有再說下去。

他的著急是怕將陶澍請到家來吃飯，會引起吳家的誤會，更怕巧筠因此不快。但這話說不出口，想了好一會，只能讓步，「要請！」他說：「也只能在館子裡請。」

原來如此！孫太太齒冷心笑，有意讓他再著一次急，「為什麼要請到館子裡？」她說：「而且大年三十，館子都封灶了！自然是在家裡請。」

孫伯葵心想不錯，年三十館子都不開門，於是又說：「年下都忙，過了年請吧！生日酒本可補請的，添福添壽。」

「哼！」孫太太冷笑，「什麼添福添壽，話倒說得好聽。你就是不願意在家裡請。」

既然讓她說破了，孫伯葵不能不承認，「不錯！」他說，「請在家裡，不免尷尬。你說呢？」

「我早就知道了！」孫太太答說，「看你急得那個樣子！莫非我就不知道這樣子尷尬？再說人家也未見得肯來。」

「是，是！」孫伯葵如釋重負，「那末，你打算請在那裡呢？」

「你莫問我，讓我問你一句，你來不來做主人？」

孫伯葵很機警地說：「當然，丈人請女婿還差不多；只是丈母娘請未過門的女婿，傳出去也不像話。」

孫太太對他這話，頗為滿意，「我也是為你。」她說，「翁婿到底是翁婿，把感情彌補起來也很好。」

「嗯，嗯，我也是這麼想。」孫伯葵急於想知道謎底，「在什麼地方請他？」

「白衣庵，吃齋。」

「好，好！生日是母難之日，原有人吃齋的。」孫伯葵又問：「還有什麼人？要不要請陪客？」

「我看不必了。」孫太太又說：「你去是去，做了主人，盡了禮數，你儘管先走好了。」

「這又是為什麼？」

為了便於秋菱與陶澍相會，這話她還不願明說。好在這幾天孫伯葵的態度大不相同，孫太太認為不告訴他，他亦不會生氣，說：「事後你就知道了！」

「好，好，我不問。」孫伯葵想了一下又問：「明天見了雲汀，我應該說些什麼？」

「這——，」孫太太想了一下說，「只說點冠冕堂皇的話好了，譬如勸他多用用功。」

「對了！」孫伯葵想到了一個話題，「我要勸他多做八股文，不必去搞那些沒有用的『雜學』。」

兩乘小轎到得白衣庵，門口已有五六個小尼姑在等。她們聽說有個孫二小姐，是「安化第一美人」的妹妹，想來縱不能如她姊姊那樣絕色，總也勝於庸脂俗粉；所以懷著滿腔好奇，希望先睹為快。

那知揭開轎簾，前面一乘是孫太太，後面一乘是秋菱；此外便是挾了衣包，隨轎走來的老奶媽，再無第四個孫家的人。便有人低聲問道：「那位孫二小姐在那裡？」

這話恰好落在秋菱耳中，裝作不曾聽見，扶著孫太太出轎；只見白衣庵「知客」的比丘尼已迎了上來了。

「恭喜！恭喜！」她合掌當胸，含笑說道：「恭喜孫太太添了位二小姐。」接著又向秋菱道賀：「孫二小姐，聽說要喝你的喜酒了！」

秋菱羞得滿臉緋紅；看熱鬧的小尼姑卻不免驚異相詢：「原來她就是孫二小姐！本來不是孫小姐——。」

一語未畢，為寶月喝斷：「別胡說！全沒一點出家人的規矩。」

「知客師太，不要責備她們。」秋菱索性放得很大方，「前後二十天，有這樣意想不到的事一定是菩薩保佑。」

「是啊！」寶月接口說道：「必是孫二小姐心誠；觀音菩薩開光那天，至至誠誠燒了一炷香的緣故。」

「對了！」孫太太問道：「我們是先去看老師太，還是先燒香？」

「心到神知，都一樣。我看，先去看老師太吧！」

白衣庵的住持老師太，法名無淨，跟孫太太年紀相仿，交情很厚；白衣觀音開光那天，竟不見孫太太來燒香，反倒是巧筠，珠圍翠繞，出盡鋒頭，心裡便有異樣的感覺。因此，當老奶媽奉主母之命來接頭，除夕中午要備一席素齋，道是為陶澍做生日；寶月已拿白衣庵不款待「官客」為名，婉言謝絕時，無淨得知其事，特為破例同意，就為的是想打破疑團。寶月秉承住持的意旨，所以主張孫太太先跟無淨見面。

那知見了面未及深談，陶澍已來赴約，這自然只有孫太太在客廳相陪。接著，孫伯葵也到了白衣庵，翁婿相見之下，孫伯葵面有窘色，陶澍看在岳母的面上，照禮節作尊稱；孫伯葵亦就靦顏受了。

擺上齋來，老夫婦讓陶澍上坐；做女婿的自然尊岳父為首。推讓了半天，還是寶月說了一句：「女婿是嬌客，上坐不妨。」陶澍才告罪坐了下來。

「雲汀，」孫伯葵舉杯說道：「今天是你生日，我借這個因由敬你一杯。一切盡在不言中了！」

聽得這話，陶澍知道有致歉的意味在內，答一聲：「不敢！」很痛快地乾了酒；但到回敬時，卻先敬孫太太。

「岳母，你老人家請乾一杯。」陶澍說道：「多謝成全之德。」

相形之下，孫伯葵自然難堪，所以等陶澍敬了岳母來敬岳父時，便即說道：「雲汀，我今天另外還有個約；特意趕來向你致意的。乾了這杯，我要先走一步了。」

等孫伯葵一走，孫太太便即問道：「雲汀，你知道我為什麼替你在這裡做生日？」

「我猜不出。」陶澍答說：「岳母挑這個地方，必有深意，請明示。」

「你不是想跟阿菱見一面？我想來想去，只有安排在這裡最合適。」

陶澍又驚又喜，「秋——，」這個字出口，才發覺錯誤，趕緊改口問道：「二小姐在那裡？」

「陪老師太在說話。」孫太太又問，「你是想一個人跟她談，還是當著我的面談。」

想是想私下談，卻說不出口，只好點點頭說：「如果二小姐願意，不妨此刻就請過來，容我說幾句心裡的話。」

「可以！」孫太太關照老奶媽，將秋菱去給請了來。

其時秋菱正陪著無淨在談她得以改變身分的經過，大大方方，不甚羞澀；但一聽老奶媽傳孫太太的話，說是「請到客座與姑爺見面」時，突然忸怩得渾身不自在，畏懼退縮之情，很明顯地擺在臉上。

「二小姐，」老奶媽便說，「姑爺是你見慣了的，怕什麼？」

「我不是怕他。」

「怕誰？」

「怕那些，」秋菱老實答說：「怕那些小師太盯住我看。」

這是可想而知的，必有人來看熱鬧；也必有人私下指指點點，令當事者心神不安。無淨便自告奮勇，「不要緊！」她說，「我陪了你去。」

秋菱情怯，是六分怕小尼姑；但也有四分是為了昔日的「姑爺」，竟成今日的夫婿，如今有無淨「護法」，便了無懼意了；喜孜孜地說道：「老師太真是大慈大悲！」

於是無淨著著一串唸珠，領頭先行；她已輕易不出淨室，早有小尼姑去通知寶月，迎上來說道：

「師父，外面冷；等我來領了二小姐去。」

無淨這時的心思已變過了，本來只是壯秋菱的膽，此刻卻對他們這頭姻緣感到了興趣，很想看看陶澍，如果見面時，有什麼不妥的情形，也來得及適時醫救。

因此，她搖搖頭說：「我也出來走走，陪一陪施主；你去查查功課，別讓她們到外面來攪擾，教人家笑話我們白衣庵沒有規矩。」

這是把禁止小尼姑來窺探的任務，交了給寶月；說完，帶著秋菱，直到客座。老奶媽搶先開了門，通報一聲：「老師太陪著二小姐來了！」

孫太太一聽這話，喜不可言！她正在心裡嘀咕，應該把小丫頭也帶來，扶著秋菱進門，才像個小姐。牡丹雖好，尚需綠葉扶持，何況秋菱本非牡丹；只由老奶媽陪了來，身分上顯得不夠尊重，陶澍心裡會覺得不夠味道。

如今由白衣庵已同退隱、不出淨室的住持陪了來，面子十足；陶澍的觀感自然不同。

於是由孫太太引見，陶澍很恭敬地向無淨行了禮；接著是與秋菱相見，他微有窘色地喊一聲：「二小姐！」

秋菱便答他一聲：「大爺。」接著走到孫太太身後。

「請坐吧！」無淨微笑說道：「我也是久慕陶相公的文名，不想今天見了面，都是緣分。」

於是秋菱便由孫太太指定，坐了孫伯葵空下來的位子；無淨過午不食，只在下首以一盞清茶相陪。

「吉期挑定了？」無淨問孫太太。

「是的。就在下個月。」

「喔，」無淨轉臉看著陶澍，「陶相公是舉人？」

「那裡！只青一矜而已。」

「原來是秀才。」無淨笑說：「秀才是宰相的根苗。陶相公骨相非凡，將來一定飛黃騰達。」

「對了！師太，」孫太太興味盎然地說：「都知道你會看相，而且準得很；你倒看看我這個女兒。」

聽這一說，秋菱不免緊張；心裡怨孫太太多事，倘或無淨直言談相，說出有關她的甚麼不中聽的話來，豈非憑空會生枝節？

孫太太卻全然想不到此，因為她看秋菱雖不美，卻是福相；這樣提議，正是希望無淨說她幾句好話給陶澍聽。

果然，無淨一開口便說：「載福之器。」又說：「少小孤寒，只要收緣結果好，不算美中不足。二小姐，我看看你的手。」

秋菱又著窘了，她的一雙手因為操作家務的緣故，自然不是纖纖春蔥；尤其是左手背上的一塊贅肉，更覺醜怪。好得有男左女右的說法，便側著身子，將右手伸向無淨。

無淨看了手心與手背，還仔細捏了捏，點點頭說：「勞碌些，是幫夫運。話說回來，不勞碌也不能走幫夫運。」

「通極，通極！」孫太太大為點頭。

「二小姐是那年生人？」無淨問說。

「乾隆五十年；屬蛇。」

「陶相公呢？」

「我是戊戌。」

「好得很，姻緣巧配！恭喜，恭喜！」

孫太太自然高興，又問一句：「師太，你看我這個女兒，將來是幾品的誥封？」

「這那裡看得出來？」無淨笑道：「看相算命，說官至幾品、壽數多少、幾子送終，都是騙人的話。有道是人定勝天；命是會變的！自己爭氣，就是好命。倘說一個人生下來就富貴，甚麼事不做，坐享其成，到頭來銅山也會坐吃山空；如果生下來雖窮，自己倒肯努力上進，也絕沒有餓死的道理。」

這番話，尤其是後半段話，不但字字打入孫太太和秋菱的心坎，連陶澍的觀感也不同了。本當無淨不過一個見多識廣的老尼姑，善於為世俗說法，所以她在稱讚他跟秋菱，無非姑妄言之，姑妄聽之；此刻才知道她見解不俗，不由得肅然起敬了。

「師太這番開示，真能廉頑立懦，受益不淺。」陶澍有心請教。「我要請師太指點迷津，我心裡有樁事，看起來是拋開了；午夜夢迴，每每忽然兜上心來，仍舊是個煩惱。請問師太，我應該怎麼辦？」

他的這樁沒有說出來的心事，孫太太與秋菱自然都能想像得到，午夜夢迴，兜上心來的是「安化第一美人」的影子。不過她們母女倆的感想不同，孫太太有些不安，心裡埋怨陶澍說話欠檢點，怕秋菱心裡會不是味道；但秋菱反倒感到欣慰，認為他肯這樣說出來，足見得是個誠篤君子，而且也正是當她親人才會直言無隱。

這些表情看在無淨眼裡，完全能夠意會；略想一想，從容笑道：「陶相公，你怎麼連極熟的兩句話都想不起！」

「噢，那兩句？」

「欲除煩惱須無我，各有因緣莫羨人！」

上一句是陶澍知道該如此而做不到的；下一句卻是當頭棒喝。轉著念頭，便忍不住抬眼去看秋菱；她是恬靜地微笑著，略帶些羞澀，倒平添了幾分動人的風韻。

娶妻如此也不壞！陶澍死心塌地了。

趕考

飯罷閒坐，喝著茶說些閒話，孫太太看看是時候了，向老奶媽使個眼色，「吃得太飽，我去走一走消消食。」她說：「順便跟老師太去道個謝，你們在這裡等我。」說完，起身向門外走去。

陶澍與秋菱自然都站了起來；老奶媽卻一直送到門外，而且不再進來，站在院子裡替他們擋住來窺探的小尼姑，好容他們靜靜談心。

「二小姐，」陶澍有種不可思議的表情，「真沒有想到會有今天。」

「我也是。」秋菱低聲問道：「聽說你要跟我見一見面，自然是有話說。」

「是的。」

「那就趁沒有人，請說吧！」

陶澍想了想笑道：「『欲辯已忘言』。」

「我聽不懂大爺的話。倒像在唸詩。」

「不錯！是我們家老祖宗的詩。我是說，本來有話想跟你說的，到要說的時候，偏又忘記掉了。」

那有這個道理？秋菱在想，除非是不相干的話，或者可能如此；希望訂約面談的話，何等緊要，怎會忘記？明明是掩飾的話。

不過，這樣掩飾不見得是惡意。或者情勢不同，想法已變，覺得先前要說的話，以不說為宜，那就只好作這樣一個不通的解釋。

「二小姐，」陶澍又開口了，「我此刻的心情，又喜又愁！喜不必說，愁的是『貧賤夫妻百事哀』。」

秋菱笑道：「又在唸詩了。」

陶澍自悔失言，不該引用元微之的悼亡詩；因此，心中的歉疚益深，「將來的日子會很苦。」他說：「我最不安的就是這一點；不過——。」

「大爺，你別往下說了！」秋菱搶著說道：「日子要看怎麼過？是苦是樂，也要看各人的心境。粗茶淡飯，只要知足，就不算苦。我，」她低著頭，放輕了聲音，「我是很知足了。」

何以知足？陶澍自然能夠瞭解，卻故意問一句：「是甚麼事讓你知足？」

「是——，」秋菱終於說了出來：「大爺，沒有看不起我的意思。」

陶澍只當她因為嫁了一個讀書人，而且是正室，所以知足；不料她是這麼一種想法。憐愛之心，油然而生；勸慰她說：「你不必對這一點耿耿於懷；最好忘記掉。我只把你當孫家二小姐；你自己也應該這麼想！」

秋菱欣慰異常，略帶些激動地說：「大爺是這麼想，再苦的日子我也能過。其實，也不會怎麼苦，將來大爺只管安心用功好了；柴米油鹽，開門七件事，不用大爺操一點心！」

陶澍既喜且愧，但立即想到一件事，「二小姐，」他說，「我陶氏家風，不為五斗米折腰。世上有些錢是不能用的！」

秋菱聽不懂上半段；最後一句話，卻能充分領會，想一想問道：「譬如世界上做娘的，體貼女兒；拿她平時省吃儉用，清清白白的幾個私房，私下給了女兒。這個錢能用不能用呢？」

「這當然能用！不過，這種錢很值錢，怕將來報答不了。」

「只要有志氣，沒有做不到的事。」

婚後的日子過得很平靜，但也很寂寞。陶澍閉門讀書，不聞外事；秋菱不常歸寧，因為處境很尷尬。娘家熱熱鬧鬧在替巧筠辦嫁妝，經常請了工匠打造銅錫器具；七八個女裁縫製辦嫁時衣裳。秋菱去了，少不得要下手幫忙；閒談時誇讚吳家豪富，還可忍受，提到陶澍，相形之下，不免難堪。所以娘家的蹤跡，漸漸稀了。

「日子排定了！」端午那天，秋菱回娘家賀了節回來，對丈夫說：「九月十二。」

這是說巧筠出閣的吉期。陶澍心中一動；默默地想了好一會，突然說道：「倒要看巧不巧！」態度、聲音都與平時不同。態度是一種不認輸的味道；聲音更聽得出來是在賭氣。所賭的，自然是個「巧不巧」的「巧」字。

秋菱理解到丈夫的心情，自然又驚又喜。在過於平靜簡樸的日子中，有生活上可以預見的變化，不論結果是好是壞，起初總是受歡迎的。所以，秋菱興味盎然地問：「怎麼是巧；怎麼是不巧？到底是甚麼事會碰在一起啊？」

「發榜！」陶澍答了這麼兩個字。

雖只兩個字，卻有千鈞力；秋菱急急問道：「是九月十二發榜嗎？」

「是的。」陶澍答說：「差亦不過差一兩天。」

剎那間，秋菱的思緒如八月十八錢塘江的潮水，壁立千仞與一落千丈，皆是倏焉間事。如果巧筠出閣之日，恰是陶澍報捷之時，這番揚眉吐氣的快意，便為它死也值得；否則，得意與失意的對比，就太殘酷了。

她在想，自己總還能夠忍受，就怕丈夫會禁不起刺激。於是憂心忡忡，立刻便想到應該早早設法化解。

「大爺，」她用略帶懇求的語氣說，「為了我的方便，你聽我的主意，好不好？」

「你先說！我不知道你甚麼事不方便？」

「等你八月初到省城裡去趕考，我回去幫忙：總要過了九月十二，才能回家。一個人顧不到兩頭，你就先住在省城裡，等發了榜再回來。」

陶澍正是如此打算；但這話出之於秋菱之口，他覺得要好好想一想。本想問一句：我不在家，你也不在家；倘或秋風得意，報子來報喜怎麼辦？轉念又想：這一層，以秋菱的細心不會想不到，她自然會有安排。由此可知，她作此建議，完全出於體貼。

「我知道！」陶澍感激地答說，「你不必替我操心。我禁得起打擊。」

「這樣，」秋菱欣慰地微笑著，「我真的可以放心了。」

鄉試入場，例定八月初八；但陶澍卻須早一個月到省城長沙，因為要經過「錄遺」這一場考試。原來子午卯酉大比小年，秀才須先參加「科試」；由學政在頭一年按各府排列先後，次第親臨主考，取中一等、二等及三等的前三名，方始准進入鄉闈。

如果頭一年由於特殊原因，無法參加科試，仍舊有補試的機會，那就是「錄遺」；在鄉試前一個月，由學政在省城裡舉行。陶澍上年因病未與科試；所以必得七月初到長沙，等候「錄遺」才不致見擯於秋闈。

秋菱是早就著手在預備丈夫赴考了。舉子入闈要帶一隻考籃；其中日常所需，無所不備，她是早就請教過人，而且趁陶澍閒暇時，要他開一張單子出來，照單置備，檢點了又檢點。另外又縫了一個新卷袋；袋面是她親手所繡的「蟾宮折桂」圖。

「這麼漂亮的卷袋，只用一回，未免可惜。」陶澍開玩笑地說：「就憑這隻卷袋，我還得再考一回舉人。」

「瞎說！」秋菱嗔道，「大家都要討個好口采，只有你！這隻卷袋，莫非你進京就不能用了？」

「自然不能用。考進士是春闈；與蟾宮折桂何干？」

「啊！我倒沒有想到。」秋菱想了一下說，「這隻卷袋你用過一回，可以送人；進京我另外替你縫一隻；繡上『狀元歸去馬如飛』的花樣，你看好不好？」

「怎麼不好？只是太費事了。」

「那算得了甚麼？等你一進省城我就回娘家；現成的材料絲線，用不著十天就能做好。」

「也好！總算亦是排遣寂寞之計。」陶澍說道，「到了省城，我怕不會有太多的功夫寫信，你別惦記，一切我自己會當心。」

「七月裡秋老虎，飲食當心，別貪涼、別吃生冷。」

「我知道。」

「還有，」秋菱用祈求的眼光看著他，「萬一，萬一考官有眼無珠，你也不要難過。」

「當然！」陶澍很灑脫地說，「我難過甚麼？窮通富貴，自有定數；我不是那種看不開的人。」

「那好！不過，我有句話，如果考不上，你在省城裡多住個十天半個月再回來。」

陶澍聽得這話，肩仔頓感沉重。他知道妻子的用意，如果名落孫山，回到安化，恰逢巧筠婚後會親，自不免難堪。由此可見，秋菱勸他的話，只是寬他的心；其實她對得失比他看得更重。

想是這樣想，卻不便說破；仍舊以毫不在意的口吻答道：「我知道了！萬一榜上無名；我索性跟汪朝奉到揚州去玩一趟，過年再回來。」

「那也好！不過不必等到過年。年下又是雪，又是雨，路上不好走。」

「我知道。」陶澍沉吟了一會，突然說道：「我有個打算，你看行不行？汪朝奉一直勸我到揚州去打秋風；我想，這一次如果榜上無名，我不如到揚州去找個館。一面用功，一面可以寄錢給你。」

「寄錢給我，大可不必。我本來就過得省；一個人更不必發愁。倒是你用功，是要緊的；不過揚州鹽商花天酒地，能不能靜得下心來用功呢？」

陶澍的所謂「用功」，本意是在揚州逗留，可以實地觀察鹽務，漕運；這些道理，跟秋菱去談，陳義未免過高，所以這樣答說：「用功並不是讀死書。至於花天酒地，你知道的，我並不喜歡。」

「那好！萬一落榜，你願意到揚州去尋個館；我對娘說起來也好說些。」

這就不但同意，而且是贊成了。因此，當天便去看汪朝奉，將自己的意思告訴他。

「包在我身上！」汪朝奉拍胸脯說，「我們東家的小少爺，要開筆做文章了，正要請西席。」

「話說在前，倒不一定居西席之位；因為我怕有年限，太拘束。」陶澍又說，「反正此刻言之還早；到時候只請你格外在意就是。」

「這何消說得？」汪朝奉慨然說道：「為了你方便，我準定九月十五日以前到省。不過，我實在不希望跟你一起走。」

「那，那是何緣故？」

「當然是希望你秋風得意，不必遠奔江淮。」汪朝奉又說，「我還希望我的行期在九月底。」

「那又是甚麼道理？」

「你倒想，你高高中了，九月十三前後就會來報喜。新舉人開賀，我能不來喝喜酒？不過，這還在其次；一中了舉要花好些錢；進京會試又得籌川資。我不在這裡，行嗎？」

陶澍感激極了：「良朋愛我如此，」他深深一揖，「誓當勉力以赴，藉報知遇。」

「論到知遇，第一是令岳母；第二是尊閫。她們對你的心很切。」

「是！我知道。」

知道是知道了，心理的負擔卻很重。陶澍一向蔑視八股；為此倒是好好用了一番功。

到得省城，寄居在陶公祠。祠中所祀是東晉的陶侃；他曾封長沙郡公，所以在長沙府附郭的善化縣南，有個祠堂。規模不大，本難容舉子寄居，只為陶澍也姓陶，論到淵源，也是陶侃的後裔，自然另作別論了。

七月十五學政「錄遺」，陶澍輕易地過了關。一進八月，場期漸近；陶澍因為有岳母、愛妻、知友的期望，患得患失，心緒不寧，這天索性渡江到嶽麓山去逛了一天。

嶽麓山在長沙西面，隔著湘江與府遙遙相對；山上勝蹟甚多，陶澍都不在意，首先去訪山腳下嶽麓書院。

這座書院建於宋朝，是朱熹講學的四大書院之一。陶澍在這裡有好些朋友，歡然道故，便帶了酒上山，在以「停車坐愛楓林晚，霜葉紅於二月花」取名的愛晚亭中，席地而坐，把杯論文。

聚飲的一共是四個人，有個長沙縣的優貢叫王兆薌，年紀最長；首先倡議：「今天不准談制藝；違者罰酒。」

所謂制藝就是八股文，稍為有些學問的，都以談制藝為恥。「八股自然不會談。」有個童生張一湘是講理學的，所以提出第二個約束：「但亦不可談風月。」

「那就談詩吧！」另一童生姚亮是最佩服陶澍的，「雲汀先生，你是陶詩專家，最近有何心得？」

「丟了好久了，為了赴試，不能不看看制藝——。」

「對不起！」王兆薌將酒壺提了過來：「罰一巨觥。」

陶澍想一想才明白，是「制藝」二字出了毛病，便即笑道：「此會未免忒苛！」

「酒令大如軍令，何苛之有？」王兆薌又說，「如今上下泄泄沓沓，醉生夢死；奢靡之風，上有好者，下必甚焉。倒真該有個張江陵那種法家來執政，或者可以一矯積弊！」

「這話說得好！我甘心領罰。」說罷，陶澍舉杯一飲而盡。

於是，話題便落到明朝張居正的身上，結論是相業可觀，人品可議；講理學的張一湘，對於張居正「三月歸葬、六月還朝」，不守三年之喪而貪位忘親，不惜冒天下之大不韙，出此「奪情」之舉，尤為不滿。

「此法家之所以為法家。」陶澍說道，「知人論事，當原情略跡；以儒家之禮繩張江陵，或者不甚公平。」

「這樣說，雲汀先生，你是佩服張江陵的？」姚亮問說。

「我佩服他做事，不佩服做人。」

「說得好！」王兆薌大聲讚許，「該浮一大白。」

這一席快談，為陶澍帶來了心理上的解脫。赴考是為做官；做官是為做事；做事為了發抒抱負。否則青雲直上而庸庸碌碌，又何足為榮？

但做事的學問是絕不能從八股文之中去獲益的。八股文做得好，獲得上第；及至做了官甚麼都不懂，也許那時想安心讀書，實地探求政事的利弊得失，已經沒有機會。因此，陶澍覺得這一次不中也無所謂，正可以藉汪朝奉的關係，到揚州去求個館，好好考察鹽務、漕運的積弊；所謂「塞翁失馬，安知非福」，正就是這個意思。

於是，這天晚上回到陶公祠，雖已十分疲累，仍舊興致勃勃，挑燈鋪紙，為秋菱詳詳細細寫了一封信，他要求她跟他的岳母，不要因為他這一次萬一失利而失望；他保證絕不會讓她們母女失望。同時告訴秋菱，如果有揚州之行，他今年年底不會回家，要在揚州好好用一番功。甚至他還想到做大僚的幕府，猶如康熙年間，杭州的名士陳潢助治河的名臣靳輔，開創一番澤惠後世，名留史冊的事業那樣。

另外又寫了一封信給汪朝奉，請他照料秋菱；他給妻子的信，即附在裡面；因為秋菱識字不多，雖然他盡量使用口語，寫得深入淺出，仍恐秋菱不能完全懂得，託汪朝奉將家書唸給她聽。

這封信到達安化，正是陶澍進場的那天；秋菱事先已打聽過了，鄉試進場是八月初八，半夜裡發題紙，開始考第一場；所以初九一早從娘家回來，預備轉到白衣庵去燒香。一到家，只見當鋪中的小郎，在門口等她。

「陶太太，」他說，「我們朝奉叫我來請你；巧得很，你回來了，免得我到孫公館走一趟，快請，快請！」

「是不是要緊事？」秋菱答說，「如果不要緊，我到白衣庵燒了香再來。」

「聽說陶大爺有信來了。」

「喔！」秋菱不自覺地說，「那自然是要緊事。」

於是隨著小郎由後門進入當鋪，引至客座，汪朝奉已站在那裡等候了。

彼此見了禮，在中間一張紅木方桌兩面，相向而坐。當鋪的房屋，無不高敞塏爽，這裡的格局是，一座極高的走馬樓，圍繞店堂頂上有極大一扇天窗，此時光線從東面斜射下來，正好籠罩著方桌，照得秋菱滿面紅光，喜氣洋洋，汪朝奉心中一動，就不先談陶澍的信了。

「陶太太，」他說：「今天八月初九，雲汀先生昨天晚上就進場，此刻正在那裡絞腦汁。一個多月以後，就有好消息。」

「託福，託福！」秋菱滿面含笑地回答。

「陶太太，我看你的氣色，運氣要來了。到了那天泥金捷報到門，你要預備打發接待。」

聽得這話，秋菱楞得一楞，隨即答說：「汪朝奉，說實話，這件事我想是想過；不過覺得辰光還早，還沒有預備。」

「一個多月，眨眨眼就過去了。」

秋菱點點頭，心裡在想，家家有本難唸的經，這件事預先不能說，譬如娘家倒預備了幾十兩銀子在那裡做報喜的賞號；結果毫無用處，豈不落個把柄？果真有了泥金捷報，自然娘家會出來料理，此時不必著急。

汪朝奉的想法不同。他很為陶澍不平，希望他揚眉吐氣，報喜的一到，隨即開始鋪張揚厲地大大熱鬧一番。錢他有，墊個幾百兩銀子也很樂意；但喜事要秋菱來主持，否則就是瞎起勁，這一層得先跟她說明白。

「陶太太，報喜要報到岳家，令尊令堂，當然會替你料理賞封，以及請客唱戲來開賀。不過，我想陶太太總也知道，像這樣的做法，未見得是雲汀先生樂意的。」

這句話碰在秋菱的心坎上，立即答說：「多謝，多謝！你真正能體諒我們夫婦的心；如今我倒要跟你商量，朝奉先生，你看應該怎麼辦？」

「令姊的好日子是九月十三？」

「是的。」

「挑得正巧！通常總是九月十三發榜；陶太太，到了那天，我把賞封、鞭炮都預備好；等你親手來放。」

「朝奉先生，我真感激。」秋菱心裡極其感動，眼圈都紅了，「不過！」她囁嚅著說：「我姊姊的好日子，我不能不在娘家照應；而且，萬一沒有消息，我就更沒有臉面了。」

「這話也是，那末這樣。到那天你預備好；我一派人來請，你就知道是這麼回事，暫且不要說破。」汪朝奉說：「吳家辦喜事，陶家也辦喜事；倒要看看那家辦得熱鬧？」

這樣子關切陶澍，這樣子要為陶澍爭氣，只怕自己的同胞手足也不過如此！秋菱站起身來，離了座位，殷殷下拜；同時說道：「朝奉先生，你這樣義氣，我們夫婦真不知道該怎麼感激？」

「言重！言重！」汪朝奉遜席相避，然後又說：「陶太太請坐。我還有事。」

這件事便是出示陶澍的家信，一面唸，一面講；秋菱聽得很仔細，也很欣慰，她就怕陶澍萬一失意之故，自覺羞慚，因而鬱鬱不歡，或者脾氣變得乖僻。如今見丈夫能看得開，她當然很可以放心了。

「陶太太，」汪朝奉說，「唯其雲汀先生豁達，文章就會做得更好；我看，這趟十之八九要高中。陶太太，你馬上就是舉人娘子，恭喜，恭喜！」

「不要這麼說？傳出去叫人笑話。」秋菱不安地說。

「是，是！我只是此刻跟你說一說。」汪朝奉又說，「陶太太，你又要喝喜酒，又要受賀；恕我直言，要打扮得體面些。」

「是！」秋菱問說：「要怎樣才體面？我自已覺得能穿紅裙，已經很體面了。」

「紅裙是一定要穿的。還應該戴點首飾；我這裡流當的東西很多，要不要挑幾樣帶去。用過再還我。」

秋菱心中一動，但旋即斷然決然地說：「不！多謝你。戴首飾也不爭在這一天。」

事情是很清楚了，陶澍不管得意與失意，都要靠汪朝奉幫忙；秋菱覺得自已應該有所表示，想了一下說：「朝奉先生，你這樣待雲汀，我不知道怎麼樣的感激？不說雲汀，我也不是不知好歹的人；將來雲汀得意了，我一定會時時刻刻提醒他，汪先生待我們的好處，不可忘記。」

「言重，言重！不過彼此成就一個義字而已。」

陶澍是八月初八下午進的場。掣籤抽到的號舍很不好，成字六十五號；號舍七十間相聯，六十五號快已到盡頭，接近稱為「屎號」的廁所。桂花蒸的天氣，臭氣薰得人頭昏腦脹；幸好秋菱周到，考籃中常用的藥，無所不備，服了兩粒辟瘟丹，再用諸葛行軍散抹一抹鼻孔，總算好得多了。

釘好號板，掛起號帘，開始做飯；陶澍是自己料理慣了，左右同號，卻都是公子哥兒，手忙腳亂，不知如何是好。陶澍少不得還要助以一臂之力；草草飯罷，回到立不直，睡不平的號舍中，蜷坐養神。耳中人聲鼎沸，梆鑼不絕；陶澍也是心潮起伏，久久不能平息。心裡在想，此番赴考，關鍵就在第一場。本來不論秋闈、春闈，所重的也就是第一場一篇四書文和一首試帖詩；第一場能夠「出房」——由房官宦呈薦給主考，便有取中之望。當然，頭場平平，二場、三場文章出色，「補薦」的也有；不過陶澍知道，這一次的二、三場不大可能做出好文章，因為接近屎號，臭氣必是越來越重；二場猶堪忍受；三場其臭不可嚮邇，那裡還能靜心構思？

因此，他拿出多年養氣的功夫來，袪除雜念，默誦陶詩，神與古合，進入「採菊東籬下，悠然見南山」的境界。不知何時，矍然而覺，只聽號軍在喊：「接題紙！」

神清氣爽的陶澍，不慌不忙地先到間壁號舍，借火點燃了蠟燭；然後從號軍手中接過題紙，在號板上鋪平了細看，心中不由得一喜。出自四書的題目，是自己在窗課中做過的；有宿構的腹稿在，再作一番推敲，精益求精，就占便宜了。

於是，用冷水洗一把臉，沏了一杯茶，一面嚼著「狀元糕」，一面默默構想，想停當了，卻暫且丟開；先做那首五言八韻的試帖詩。

做完詩再把文章的草稿寫出來，逐字斟酌，自覺無甚瑕疵了，又去推敲詩句，檢點平仄與韻腳；這件事非常重要，平仄偶一不符，名為「失粘」，韻腳不合，名為「出韻」，這都是違犯功令，再好亦無錄取之望。

一文一詩的草稿皆已停當；時候亦到了四更，秋宵露重，寒氣侵人，正是尋好夢的辰光，這一覺很重要；陶澍收拾稿紙，出了號舍，挺一挺胸，伸了兩個懶腰，又喝了一開茶，然後吹熄蠟燭，將一床薄被裹在夾袍外面，蜷縮著很快地入夢了。

夢境時斷時續，人聲嘈雜，怎麼樣也是睡不舒適的；不過陶澍的心情卻很恬靜，因為頭一場只餘抄繕的工夫了，不必亟亟。

就這樣半睡半醒地，直到天亮，方出號舍，腰板肩臂痠痛，便打了一趟「八段錦」；將剩下的冷飯，用開水一泡，就著辣豆豉與臘肉，吃得一飽，正要回號舍去謄清時，只聽六七丈以外，有個蒼老而宏亮的聲音在喊：「完了、完了！天亡我也！」

陶澍與其他在號舍外面的舉子，急忙奔了去看；只見五十四號裡面，坐著一個長鬚老者，一臉懊喪之色；再看到號板上的卷子，不由得都替他吃驚，卷子上不著一字，細而長的墨跡，卻縱橫皆是。

「怎麼啦？老先生！」有個後生問說。

「都害在你那方端硯上。」

原來隔號的那後生是個「繡花枕頭」，折騰一夜，不過剛做好一首試帖時；那篇八股文，苦苦構思，一無所得，只有借磨墨來排遣無聊。至於那老者，跟陶澍一樣，一文一詩，早有草稿，此時出號舍來散步作為休息，看得那後生帶的是一方極好的端硯；少不得駐足欣賞，看了硯質，又看銘款，一把大鬍子染了墨，卻無所覺，回去提筆伏案，鬍子在考卷上染了如許墨跡，眼看要在「藍榜」上貼出去，不用再進第二場了。

「真是歉疚萬分。」那後生說道：「我當時因為老先生要看我這方硯，趁空到屎號去了一趟；等回來也沒有注意尊髯已染墨跡，否則一定提醒你老先生。」

「不怪你，不怪你！場中莫論文，命也，運也！罷、罷、便宜了你。」說著，那老者將一文一詩兩篇草稿遞了過去，「你能夠中了，也算文章有價，不枉我一片心血。」

那後生喜不可言，顧不得骯髒，跪了下去便磕著頭說：「我拜你老的門。」

「既拜老師，就該有贄敬。」有人提議，「就以那方端硯為贄好了。」

「好極！」旁觀的人紛然附和。

於是那後生將他那方祖傳的端硯捧了來，換回詩文草稿，也帶回了那老者的一方破硯，回到號舍，欣然謄卷。

陶澍也回去幹自己的正經；須臾謄畢，另外補了草稿——原來照功令，片紙不許帶入場，那怕白紙也不行；所以卷後另附有草稿紙。但此苛刻的功令，早成具文，都用自己帶進場的箋紙起草稿，只是為了要表示是用卷後附白紙起的草，所以謄正後，另用行書寫個草稿，名為「補草」。

最後再作一次檢點，改正了幾個字，斟酌盡善，上堂交卷。回到號舍，收拾考籃，準備趕午時開門出場——放出場名為「放排」，或稱「放牌」；隔一兩個時辰放一次，凡是第一次放排出場的，自然都是文思敏捷的人；但亦有例外，像那老者就是。

「老先生尊姓？」

「敝姓賀。」

「賀老先生今番倒是奇遇。」陶澍安慰他說：「失之東隅，收之桑榆，不必戚戚。」

「你看我有戚容嗎？」賀老頭正視著他問。

陶澍這才發覺對他的安慰，措詞失檢；人家本看得無所謂，勸他「不必戚戚」反而將人家看淺了。

「晚生失言！」陶澍拱拱手道歉。

「言重、言重，尊駕貴姓？」

「敝姓陶，單名一個澍字。」

「喔，原來是安化的陶秀才，幸會，幸會。」賀老頭問道：「出場以後，可有『吃夢』之約？」

這「吃夢」也是科舉的趣事之一。每次出場，為了補償場中辛苦，同赴試的好友，相約挑個館子大嚼，吃完記帳；及至揭榜，名落孫山的白吃；榜上有名分攤惠帳。此是唐朝「打毷氉」的遺意，改名為「吃夢」就更顯得微妙貼切了。

「晚生在省城的朋友不多，尚無此約。」

「那就跟我走！」賀老者笑道：「反正我是白吃定了；足下一定會做主人，不心疼吧？」

「那裡、那裡！」陶澍說道：「其實依鄙意，倒想單獨奉屈少酌；以便從容請教。」

賀老者不答話，放眼四觀；然後說道：「夢會中人，都還在號舍中受熬煎；你我挑個地方，逍遙一番亦可。」

「好，好！」陶澍欣然相許，「且出了場再說。」

到得放排時，人本不多，兼且讀書人總還懂得尊老敬賢，都讓賀老者先走一步，連帶陶澍亦沾了光，順順利利地出了龍門；只見一個十六七歲的小後生，身著擒衫蹦蹦跳跳地迎了上來，老遠就揚手高喊：「爺爺，在這裡，在這裡！」

賀老者的考籃是陶澍一定搶著要代為提攜；所以他只左手提著一個卷袋，袋中便是那方端硯。此時右手掀鬚欣悅地笑著，站住身子，等孫子來迎。

「賀老好福氣，令孫都進學了。」陶澍問道：「倒不知為甚麼不進場？」

賀老者未及答話，他的孫子已到面前，便先為他引見新知，「小毛，」他說，「喊陶公公！」

「不敢當，不敢當！」陶澍急忙遜謝。

那小秀才很知禮，祖父的朋友，自然照規矩喊，恭恭敬敬地作了個揖，叫一聲「陶公公！」

「千萬不能叫！」陶澍很認真地，「把我都叫老了！陶叔叔吧。」

「絕無此理！」賀老說，「就喊陶先生好了。」

於是改了稱呼；小秀才又自己報了名字，叫賀永齡；然後說道：「爺爺，有轎子在那裡！奶奶叫預備的。」

「你奶奶當我走不動了？豈有此理！你打發轎子回去；把我的考籃也帶走，我陪陶先生去喝酒。」

「奶奶跟媽早就預備好了。」

「不要緊！晚上再喝。」賀老者又說，「你跟你媽說，明天不必預備進場吃的東西了。」

「怎麼？明天不是第二場進場。」

「爺爺的卷子都要上藍榜了，還進甚麼場？」

賀永齡一臉驚疑，「怎麼會呢？」他問，「出了甚麼紕漏？」

「沒有出紕漏，今天一上午收了一個門生，得了一方端硯，還交了一個好朋友；所獲良多，不虛此行。你快回家去吧，回頭跟你們細說。」

賀永齡便向他祖父與陶澍行了禮，攜著考籃自去；陶澍兩人便就近在貢院附近找了家小館子坐定下來，點了酒菜，把杯談心。

「賀老，」陶澍情不自禁地說，「剛才那番天倫之樂著實可羨！人生貴適意耳！何必富貴？」

「足下真無忝於靖節先生，能作此語，便是性情中人。來！乾一杯。」

乾了杯，陶澍一面替他斟酒，一面問道：「令孫秀發，何以不進場；祖孫同科，豈非佳話。」

「說來也是他一番孝心；他顧慮著他倒中了，我還是我，不免難堪，所以不肯進場。其實，就是我此番來受一夜的罪，也是拙荊、寡媳、小孫合力慫恿的結果。」

陶澍微微一驚；想了一下問：「賀老幾位令郎？」

「只生過一子一女。」

只生過一子，卻說「寡媳」，可見得如今膝下無子而有孫；此是老年人傷心之事，不必提它，便又回到原來的話題上來，「以賀老之意，」他問，「本來是不想進場的？」

賀老者屈指計算了一下，「恩正併算，共計二十三科；整整五十年。『文章憎命達，魑魅喜人過』，從三十年前，我就絕意於此了。不過，」他說，「每科還是入闈。」

「這話，賀老，我可不解了。」

「我一說，你就明白。我入闈不是應試，是當謄錄。」

原來賀老者經史嫻熟，文筆雅健，但運氣卻極壞，每次秋闈入場，總有意外；有時闈作得意非凡，卻偏偏遇著個有目無珠的房考官，唯有付之長嘆而已。

連番不第，家計漸艱，賀老者不得已考充了「謄錄生」。闈中防弊是雙重手續，一重是墨卷早經彌封姓名，稱為「糊名」，卷子上只有考生的籍貫與編號，作為按地域分配取中名額的憑藉，這本名冊在主持闈務的監臨手中，主考與房考是無法知道的。

光是「糊名」，或者猶可從筆跡中去識人，仍得徇私或納賄；所以再一重手續是「易書」；卷子交到收掌所，用紫筆標示後送到謄錄那裡，用硃筆重抄一遍，稱為「硃卷」；墨卷歸箱，硃卷轉送對讀所校對，用黃筆加點；然後送房考評閱，用的是藍筆；此時一本卷子上紅黃藍紫，五色已具其四，最後是主考定去取，卻用墨筆，湊色五色。

「主考得用墨筆，說起來也是當年釐訂場規者的一番苦心。因為墨卷中如果有小小失誤；主司調了原卷來看，可以酌情代為彌縫；再改正硃卷，亦很容易。」賀老者說，「有一年我看到一本墨卷，立意極妙，可惜文字上的工夫淺了些；一時起了個憐才的大膽念頭，心想照功令添註塗改，不超過百字，不算犯規；就照這個限制，細心替他改了一遍，再謄成硃卷送對讀所。結果，這本卷子竟高中了。」

「足見賀老手筆不凡。冥冥中成就他人的功名，亦是極大的陰德。」陶澍忽然想到，「受惠的人知道了沒有呢？」

「怎麼不知道？文章千古事，得失寸心知；發刻的闈墨與他的原作，已有不同，自然要奇怪。主司成就，添註塗改亦不致如此之多；後來千方百計打聽，這本卷子是我謄的，斷定是我好事，備了重禮，要來拜我作業師。」

「賀老，」陶澍興味盎然地問，「你受了沒有呢？」

「這怎麼能受？受了，不就是自畫作槍替的供狀嗎？我還留著我這張嘴喝酒呢？」

「那末，賀老是怎麼回答他呢？」

「我說，那有新科舉人拜生員的門的道理？」

「妙！」陶澍笑道，「自承有這回事，卻不以居功。賀老的處世，值得後輩效法。」

「豈敢，豈敢！」賀老者得意之至，滿浮一白；朱紅臉上銀髯飄拂，別有一種莊嚴瀟灑之致。

「不瞞你說，拜師之說不敢受；贄敬之名也不敢承，不過逢年過節，人家有筆很豐厚的禮送來，我也受之不辭。到底一家大小，要有個餬口之計；從那次以後，算是成了我的常業。不過，老弟台，我自己心裡有個規矩，從未跟人說過；今天不妨跟你談談。」

「是、是！」陶澍急忙答說，「賀老自然胸有丘壑，不是有求即應的。」

「不錯！就是這話。第一、事先請託，決計不行；我的說法是，他的卷子不一定分在我手裡謄錄，豈可貿然答應？有人說，他可以去活動收掌官，能讓他卷子分到我手裡。我正色告訴他說：這是犯法的，千萬不能做。出了事，腦袋要搬家；就分到我手裡，我也不會替他效勞。」

「說得好！這麼透徹的話，足以杜其倖進之心。」陶澍又問：「第二呢？」

「第二，因材造就。倘或本有才情，立意高人一等；只是意有不足，文字稍差，稍加點竄，便成佳構，我自然樂於成人之美。」

「是，是！國家取士，原不在文字上；是要看他是不是可造之材？賀老此舉，正可以彌補考官力所不及之處。冥冥中大有造於邦家！」

聽得這話，賀老者大為動容，徐徐舉杯，自語似地說：「有你這句話，足慰平生了！」說著，仰臉乾了酒；拿空杯向陶澍照一照。

看他是歡喜中傷感的表情，陶澍理解到他的心情；一生造就了不知幾許新科舉人，自己卻至今仍是一名秀才，感慨自與常人不同，所以一面舉杯，一面說道：「賀老不知積了多少陰功？看令孫亭亭秀發，食報之日不遠。」

提到賀永齡，賀老者不由得臉上浮起笑容，「說起我這個孫子，確是我暮年的一大安慰。」他說，「這一次也是為了他，我才下的場。闈中雖出了這麼一件意想不到的事，在我說總算也有交代了。下一科無論如何要送他入闈。」

「也許，」陶澍笑道，「令孫與我會成同年，亦未可知。」

聽得這話，賀老者放下酒杯，將陶澍細細端詳了一回說：「不會！老弟台今科必中。我也略諳相法；自信還不至於看走了眼。來，我預賀一杯！」

「多謝！但願如賀老所言。」陶澍話題一轉，「三年之中，不過辛苦半個月；平居多暇，何以為遣？」

這是指賀老者當謄錄生，三年一舉鄉闈，在闈中抄硃卷，至多半個月的工夫；閒工夫豈不太多？

「是啊，總得找個消遣。好在我腰腳頑健，也甘於粗糲，興致來時，拿帕子包幾塊糍粑，一塊臘肉；吳頭楚尾，任我遨遊。」賀老者笑道：「乞食江淮的生涯，少不得做它一兩回。」

落魄文人，四方遊士，到江淮之間向鹽商、河院，憑一技之長，便可大打秋風。這種風氣從康熙年間開始，亙歷三朝，愈演愈盛；身當其事，視作當然，不過稍有羞恥之心的，稱為「乞食江淮」。陶澍對這一點不甚感興趣；感興趣的是，賀老既常遊江淮，以他的人情歷練，對於鹽務、漕運、河工上的積弊，一定有透徹的瞭解，正不妨請教請教。

果然，問到此三事；賀老者的表情不同了，掀髯凝視，有些驚異地問：「老弟台對這些世務，居然關切？」

「不敢說關切。只覺得這也是經世致用的學問，既然預備入仕，不可不知。」

「真正有心人！」賀老者說，「我不說你有幸識我；是我有幸識你，頻年涉歷江淮的一點心得，不致與秋草同腐。」

於是把酒快談，極歡而散。不但這一天，三場既竣，將功名利祿之念拋得遠遠地；陶澍也是日日找賀老者盤桓，就這八月下半月的十幾天工夫，他自覺勝讀十年書了。

這時離巧筠的喜期還有半個月，但吳家已經日日盛宴，熱鬧非凡；因為辦喜事要請人幫忙，一則犒勞，再則分配執事，少不得先以酒食相餉，其名謂之「請將」；事後當然設席酬謝，那就是「謝將」了。不管請將、謝將，無非豪富之家，借個名目，誇耀鄉里。吳良本就喜歡擺闊；如今得娶「安化第一美人」這麼一個好題目，自更不妨鋪張揚厲。

孫家雖然不如吳家那樣闊，但在小康之家的紅白喜事中，也算很有氣派的了。大門是經常開得筆直，左鄰右舍，親親眷眷，託名來幫忙，其實想看看嫁妝，權作消遣的，絡繹不斷。

比較親近或者禮貌上需要尊敬的，還少不得留飯；每天上上下下，也要開到三、五桌飯；都歸秋菱料理。

「你明天到外面來陪客人坐坐！」孫太太經常在臨睡前這樣對她說，「廚房裡有臨時添的人，還有老奶媽，你很可以不用管。」

「是的。」秋菱也總是這樣答應著。話雖如此，留飯的人一多，她又到廚房裡去了。這因為，第一是新添的一個廚娘，不甚得力，怕飯菜供應不上；第二，也是最主要的一個原因，人多嘴雜，有些人說話顧前不顧後，搞得大家下不了台，譬如有一天有個沒腦筋的太太就說：「虧得有秋菱代嫁；不然大小姐也不能有這麼一副好嫁妝。」當時羞得巧筠臉色大變，幾乎當場昏厥；秋菱也覺得辯又不是，承認也不是，奇窘不堪。倒不如索性避開，眼不見、耳不聞來得清淨。

不過到得喜期的前五天，秋菱是無法再到廚房裡去了；因為搭了喜篷，鋪設喜堂，備辦喜筵，包給一個廚子老尤，他挑了碗盞傢伙，帶了三個下手，已經將孫家的廚房，暫且接收了。

於是，她自己為自己挑了一樣差使，替母親看屋子；也就是成了管家，外面要甚麼東西，本來須孫太太自己來檢點的，如今有了替手。

她自己不願露面，家裡上上下下也似乎忘記了她這個人；當然，孫太太是例外，不管多麼忙碌，總要抽空來看看她，有時僅是打個轉，不交一語，但她眼中所流露的慈愛光輝，已足以安慰秋菱的落寞了。

十路報喜

九月十一發嫁妝，雖然沒有造成傾巷來觀的盛況，但已頗引人注目，這天最得意的是孫伯葵，他的面子隨著三條街長的嫁妝行列，不知撐大了多少倍。

「阿筠，」在家宴席上，他躊躇滿志地說，「我總算對得起你了。」

巧筠自然紅著臉不作聲；孫太太聽著有些不是味道；秋菱自然也不能贊一詞，場面顯得有些尷尬。

「這兩天的天氣一定是好的，」為了打破僵局，秋菱沒話找話，「天天大太陽。」

「是啊！本來『滿城風雨近重陽』，今年不同。」孫伯葵突然問道：「阿菱，長沙有沒有信來？」

「有的。」秋菱答說，「前天剛來了一封，是汪朝奉送來的。」

「信上說甚麼？」

「爹要不要看？」

「不必！」孫伯葵說，「你只告訴我就是了。」

既然他不想看信，就不妨編兩句他愛聽的話：「雲汀說，姊姊大喜之期，他不能趕回來喝喜酒，給爹、給娘磕個頭，心裡很過意不去。」

「喔！」孫伯葵又問：「不是說他要到揚州去？」

「是的。」秋菱答說，「等汪朝奉到了省城一起走。」

「甚麼時候回來？」

「不一定！」秋菱照信中的話老實回答，「想在揚州謀個館。」

「這是正辦！」孫伯葵深深點頭，「安安分分謀個館，苦個兩三年，能夠把你接了去，我就放心了。」

聽起來是好話；不過這句好話是由一個非常武斷的成見中浮起來的——孫伯葵根本就無視於陶澍還在候榜期間；自然是看死了他不會中舉。想到這一點，秋菱打了個噎；一口飯鯁在喉頭嚥不下去了。

「喝點熱湯！」孫太太趕緊舀了一大匙魚湯，傾在她飯碗裡。

連湯帶飯吞了下去，吃得太急，噎反打得更厲害了，不能不先退席。孫太太倒不知道她打噎的原因；但對丈夫那幾句話所起的反感，卻忍不住要說了。

「你何必那樣子對阿菱說——。」

「怎麼？」孫伯葵搶著說道：「我的話不是好話？」

「好話是好話，說得太早了一點。」

「要到甚麼時候說？」

「等報喜的來過了，發榜沒有雲汀的分；那時再說也不遲。」

孫伯葵看了太太一眼，低著頭大嚼一塊麻辣雞；吃到一半，忽然抬起頭來，隨隨便便地說了句：

「我看早說、遲說都是一樣的。」

孫太太氣得臉色發白，很想問一句：「如果不一樣怎麼辦？」但看到巧筠乞憐的眼色，不由得忍住了。

「其實，」孫伯葵也很見機，急忙又補了一句：「那一來雙喜臨門，不也很好嗎？」

「不錯，雙喜臨門！不過，喜事臨門，總也得有個預備才好。」

「預備甚麼？」孫伯葵茫然得有些冒失了。

只這一句話，將孫太太的氣也勾了上來；心裡惱恨孫伯葵太不關心，不由得冷笑說道：「也難怪，你沒有經過這些事自然不知道該怎麼預備！」

這是譏刺孫伯葵不曾中過舉；話自然很刺心，便反唇相稽地說：「可惜你不是舉人娘子的命！我看，你就知道該怎麼預備，也是瞎起勁。」

老夫婦倆的臉色都不好看了。巧筠自然很不安，也很不高興，便不耐煩地說：「爹，你少說一句行不行？」

孫伯葵對女兒早就另眼相看了；此時想起在她出閣前夕，闔家歡聚，不該惹得她不愉快，所以急忙抱歉地說：「對，對！大家應該高高興興才是。」

說著，陶然引杯，將孫太太所關心的事，就此擱下了。

飯罷各自回房。秋菱心想，到底算是姊妹了，應該去陪一陪巧筠；而巧筠也覺得與秋菱相聚的日子已經不多，想起畢竟是她代嫁，才有此圓滿的結果，感激的心意也應該稍為表達，所以很想有個與她單獨相處，說幾句知心話的機會。

姊妹的想法，大致相同，各自來覓對方，半路相遇；自然還是到巧筠房中去談。

「我跟娘說過了，等我一走，你就搬了來。」巧筠說道；「我的東西都留給你；不過，這幾個月新置了一點東西，擺在甚麼地方，恐怕你還不知道，我來點給你。」

「不！謝謝姊姊，」秋菱答說：「你的屋子，自然仍舊留給你。」

「不必！你要住得長。」巧筠遲疑了一下，終於說出口來：「聽說，雲汀要到揚州就個館；你一個人自然仍舊住到家裡來，不能沒有一個比較舒服的地方。」

秋菱心想，陶澍就館揚州，是落第以後的打算。照巧筠想法，也是認定了陶澍必不能中舉的。話不投機半句多，因而保持著沉默。

「妹妹，我是心裡的話；不是跟你假客氣。」

「是的，我知道！」秋菱淡淡地答說。

「那你就聽我的話，等我一走，你就搬。」巧筠想了一下，很吃力地問：「妹妹，你將來會不會來看我？」

「會！怎麼不會。」秋菱將她自己跟巧筠的關係，與陶澍跟巧筠的關係，分辨得很清楚，「我們是姊妹，我怎麼好不來看你？」

「有你這句話，我就放心了。」巧筠很高興地說，「只要你肯來，我會常常來接你。」

發榜定在九月十二。賀老者是早就跟陶澍約好了的；這天午後攜酒攜孫，到陶澍的寓處，把杯閒談，候榜賀喜。

「向例午正上堂，拆彌封填榜；至多二更時分可以填完。」賀老者說，「老弟台的名次一定中得高，大概未、申之間，必有捷報。來，來，預賀一杯。」

「預賀之說，絕不敢當。」陶澍搖手答說，「頭二場雖還過得去；第三場的策問，痛論時弊，過於質直，觸犯時忌，一定不會取的。」

「不，不！」賀老者大不以為然，「無論鄉會試，都重在頭一場；頭一場有把握，就行了。說句笑話，第三場的卷子，考官看不看都還成疑問呢！」

聽得這麼一說，陶澍也就只好乾了杯了，坐在下首的賀永齡，年紀雖輕，只為陪侍祖父喝慣了的，酒是極好，自然也陪一杯。酒剛入嘴，聽得外面鑼響；急忙放下酒杯，趕了出去。賀老者聽得鑼聲遠去，毫不在意地又陶然引杯。

賀永齡自然回來了，一臉的怏然之色；陶澍倒覺得老大不過意，「你請稍安毋躁！」他說，「不必替我著急。養氣的工夫，從此刻就應該下手。」

「這倒是句好話！永齡，你要仔細記住。」賀老者點點頭說，「士先器識。這器識之器，就在這些上頭見真假！你要學學陶先生的涵養。」

「是！」賀永齡很誠懇地答應著。

於是安坐侍飲，聽祖父與陶澍談論貴州漢苗相處的情形；鑼聲遠至，只是默默聽著。這樣到得申時已過，他有些沉不住氣了；就是賀老者也有些神思不屬的模樣。見此光景，陶澍也有些不安；個人的得失，關乎敬愛的岳母與妻子的希望；此時更怕賀老者祖孫為他失望，覺得心頭的負擔，相當沉重。

「沒有希望了！」終於陶澍苦笑著說：「賀老請回吧！天黑了不好走。」

賀老者拈鬚沉吟，躊躇了好久，驀地裡一拍桌子說道：「我細讀過閣下的三藝，此卷不但必中，而且應該高中。永齡，你再去沽一瓶酒來，我要等五魁。」

原來填榜向來是從第六名填起，堂上正副主考，拆墨卷對硃卷，若無錯誤，副主考寫名字，正主考寫名次，另書一張紙條：「第幾名某某人」交到堂下寫榜，寫完，榜吏將那張紙條揉成一團，往地上一拋；隨即便有人撿了去，拿根繩子紮好，另一端繫塊石頭，隔牆拋了出去，牆外自有人接應；看中舉的人家住何處，急急報喜，頭報以外有二報，二報以外還有三報，皆須開發豐厚的賞號；寫榜的首縣衙門禮房書辦，照例分得大分。

到後來名都寫上榜了；方始揭曉五魁，比時已是二更至三更之間；堂上堂下一些執事雜役、考官的跟班，個個手持紅燭，圍繞榜案，燁然萬燄，輝煌非凡，名為「鬧五魁」。這天照榜的紅燭，點來可以催生，送人是一份很難得的禮。

聽完這段掌故，賀永齡提著壺去沽酒，又帶回來一大包滷菜，二十個包子，洗盞更酌，到得起更時分，他又有些沉不住氣了。

「爺爺，要不我進城，到貢院附近去打聽打聽消息。」

「你能打聽到甚麼消息。棘闈深鎖，關防嚴密。」賀老者又說：「若有消息傳出來，要去報喜討賞，那肯隨便告訴你。」

「這話說得是！」陶澍笑道：「稍安毋躁，再談一會，你就送令祖回府吧！」

「喔，」賀老者突然想起一件事，看著陶澍問道：「你暫寓此處，知道的人多不多？」

「不多。」

「那，只怕報子不知道。」賀老者想了想說：「永齡，你趕進城去，不要到貢院，到安化會館去看看；也許報喜的報到會館去了。」

「是！」賀永齡站起身來，「如果喜僮來到，我在那裡守著；等報子來了，我把陶先生的寓所告訴他。」

「對了！就是這樣。」

這一下賀老者的興致可好了，他認為他的猜想不錯；陶澍事實上已經中了，只是報子找不到該報喜的地方而已。

「相信我，老眼不花！來，來，倘或我看走了眼，從今不敢再相天下士了！」

「賀老，你千萬別這麼說！」陶澍很不安地，「俗語說：『一命二運三風水，四積陰功五讀書。』場中論文，是件很不智的事。」

「那是世俗之見！」賀老者搖搖頭，大不以為然。

這一來，陶澍的心情就非常沉重了！賀老者的期許太高，自信太深，而事情已顯得頗為渺茫，到得「鬧五魁」也過了，甚麼消息都沒有，那時賀老者會受到怎樣的打擊，他連想都不敢想。

隨著時間的消逝，一顆心也就像火旺油熾，煎熬之苦，越來越重。到得更鑼又響，細數已是三更；陶澍不勝愧惶地說：「賀老，實在有負期望，我心裡難過得很。」

賀老者不作聲，心裡在想這一次的同考官——原來鄉試主考由朝廷欽派；分房閱卷的同考官，亦鄉房考，例由本省督撫，先期調閱現任及候補州縣官的履歷，凡出身在舉人、拔貢以上的，檄調若干員到省，略加考試，分別派充內外簾官；內簾就是同考官，外簾即司收卷、對讀等事。賀老者將這一科十二房的房官，一個一個細數過來，數到最後，不覺心往下一沉。

「雲汀兄，」他說：「倘或我言不驗，必是你的卷子偏生落在『張大怪』手裡。」

陶澍彷彿聽人說過，本省有個縣官，外號「張大怪」；當下問道：「此人如何？」

「此人現在做桃源縣，兩榜出身，筆下很來得，就是脾氣極怪；有時懶病發作，十天半個月不坐堂問案。閣下的卷子如果落在他手裡，也許看都不看，就打入落卷之中。倘或如此，可真是數了！」

「『文章憎命達，魑魅喜人過』，我倒經慣，只盼賀老不必為我可惜！」

「何能不惜！」賀老者長長地嘆了口氣。

嘆息未終，發覺異聲；是隨風飄來的，風過聲息，側耳細聽，卻又毫無動靜。

「雲汀兄，你聽到甚麼沒有？」

陶澍也聽到了，但不敢確定；「似有若無。」他說，「也許是秋聲。」

「不！不是秋聲。」賀老者突然眼睛發亮，「你聽！」

這回聽清楚了，人聲、腳步聲，還有鑼聲；不由得也心動了。

「來、來！」賀老者奔出祠外，抬頭一望，大聲喊道：「不錯！十之八九，是報喜來的。」陶澍出來一看，但見數支火把，照耀著七八個人飛奔而來；鑼聲漸響，陶祠以內及附近人家的人，都奔了出來，也還有迎了上去的。

「一定是陶相公高中了！」陶祠中一個香火道人說：「我備了鞭炮在那裡。」

這時走在最前面的一個小夥子，已由上前迎接的人陪著到了，只聽他上氣不接下氣地喊著：「爺爺、爺爺！陶先生中了！」

長沙到安化三百六十里，健騾代步，也得一夜半天的工夫才能趕到。報子到達安化縣，是在九月十三的午前；報的是西城周家的老二中了第四十七名舉人。那時吳家已經賀客盈門，聽得鑼聲響亮，有人出去打聽了來報告；吳良跟周家也認識，立刻送了一百兩銀子賀禮。

「陶雲汀不知道——。」

這個閒談的賀客，話還沒有完，便有人拿肘彎撞了他一下，接著向主人努一努嘴。那客人才想起此刻談陶澍，深犯忌諱，不由得臉上訕訕地，好生無趣。

做主人的卻發覺了；故作豁達地：「陶雲汀如果中了，我送二百兩賀禮。」接著高喊一聲：「來啊！」

聽差疾趨而至，吳良關照取四個五十兩重的新元寶，拿紅綠綵絲紮好，用托盤放在一邊，預備送陶家的賀禮。

「我是懸紅以待！就看陶雲汀自己爭氣不爭氣了！」

說罷，吳良打了個哈哈；賀客中有幾個陪著乾笑。汪朝奉也正在賀喜，聽得不入耳，掉頭就走。回到當鋪，關照一個快出師的徒弟：「買鞭炮！」

「已經買了。」

「還要買，越多越好。快去！」

那個徒弟答應著飛奔而去；但回來時仍是一雙空手。

「鞭炮賣光了。吳家喜事，都搜了去了。西關周家新中舉人，想添幾掛熱鬧熱鬧，也沒有買到。」

汪朝奉想了一下說：「鞭炮賣光了，鑼總有吧？去買十個響鑼，找十個更夫來；每人一弔錢，管飯。」

「管到甚麼時候？」那徒弟提醒他說，「到了起更，更夫要去打更。」

「用不到起更。如果用得著他們，太陽下山之前就要用。到那時候用不著，」汪朝奉有些傷心地說，「就只好讓暴發戶去猖狂了。」

「是！我馬上去辦。」

「慢點，慢點！」汪朝奉忽然想起一件事，「你跟我說過，你在你們族裡的名字叫甚麼？」

「叫竟成。有志者事竟成的竟成。」

——名字是不錯，但想到他的姓，汪朝奉的心又一沉；原來他這個快出師的徒弟，姓個僻姓池，諧音為遲；遲竟成則今科必是無望了。

「師父還有甚麼交代？」

「沒有了！但願有志者事竟成，不負我們的一片苦心。」

等池竟成一走，接著便有小徒弟來報：「陶太太來了！」

秋菱是百忙中抽空來的；知道的只有一個孫太太。她也弄不清楚，甚麼時候才會有消息；不過有到吳家道了喜，又轉到孫家來的賀客，談起吳良「懸紅以待」的話，秋菱才知道報喜的人已到了安化。

報喜是一有消息，便即飛奔，為的要搶「頭報」；如今四十七名已經報到了，可見陶如果有喜信，也應該到了。為此，悄悄稟明母親，出後門坐一頂小轎來看汪朝奉。

「朝奉先生，我帶了二十兩銀子在這裡，開銷不知道夠不夠？一切請你費心！今天是我姊姊的好日子；我馬上還要趕回去。總而言之，重重拜託，磕頭，磕頭。」說著，她將一個手巾包擺在桌上；要解開來交代孫太太給她的那兩個十兩頭的銀錠。

「不，不！」汪朝奉連忙搖手止住，「陶太太，我跟雲汀先生有約定的，一切歸我來墊；二十兩銀子總歸不夠的，你先收了回去，帳目反倒清楚。我知道令姊今天出閣，男家我也熟的，去道過喜了；令尊沒有交往，我就懶得去一趟了。請你跟令堂說一聲，請她老人家放心，一切有我。」

「是！」秋菱紅著眼圈，殷殷下拜；「我不知道該怎麼說？此刻說甚麼也是多餘的。」

「不敢，不敢！陶太太，你趕快請回去啊！我想太陽下山以前，總會有消息。到時候，我會派人去通知。」

於是秋菱原轎回家，將汪朝奉的話告知了母親；母女倆暫時拋開這一段，打疊精神，招待賓客；抽空還要去看看巧筠——她是已經開了臉，鳳冠霞帔，全副大妝，低著頭端然正坐；心裡也是七上八下，除了做新娘子的緊張以外，也聽人說起，安化有報喜的到了，如果再報來陶澍一中，少不得有妒嫉她的人，在背後恥笑，何以為情？

為此愁眉深鎖，缺少新娘子那種羞澀而喜懼交併的微妙表情。加以新娘子照例不准進飲食，免得不「方便」；肚飢可忍，口渴難當，在有心事時，更覺煩躁難當。

好不容易挨到發轎的吉時，太陽偏西的申時；哭哭啼啼的上了轎，在鞭炮大作，鑼鼓齊鳴聲中，由她的堂房弟弟「送親」，抬往吳家去完花燭大禮。

拜堂是在酉時，男家正行嘉禮；女家已經開席。汪朝奉雇來的十名更夫，亦正在吃飯，每人一弔銅錢早就到手，吃完了飯就要告辭，因為起更的辰光快到了。

有個姓王，行八的更夫，還想撿個便宜，等汪朝奉走過，放下飯碗趕來說道：「朝奉，朝奉，想跟你討樣東西。」

汪朝奉心情很壞，皺著眉問：「你還要甚麼？」

那傢伙不識眉高眼低，指著新買的十面響鑼說：「這東西總歸用不著了，朝奉，我跟你討一面做更鑼！」

一聽這話，汪朝奉的火氣，就不止一處地方來了，「王八、王八蛋！」他破口大罵：「你怎麼知道用不著了？簡直放狗屁。」

王八被罵得雙眼發楞，「朝奉，」他說：「給不給在你，也犯不著罵人啊！」

「不給，不給！」汪朝奉跳著腳罵，「錢也拿了，飯也吃了，你替我滾蛋！」

一語未畢，只見池竟成奔了進來，雙手高揚，大聲說道：「師父，師父，報喜的來了！」

這一聲高喊，裡外肅然，無不側耳靜聽；當鋪的圍牆甚高，傳聲不易，聽了一會，方始辨出，果然有「噹噹」的鑼聲。

「是陶家不是？」他抓住池竟成問。

「是的，不錯！」

「慢點！」汪朝奉反倒冷靜了，「一定要弄清楚；這個笑話不能鬧。」

「人都快到了！」

「你先到陶家門口去接應，我馬上來。」汪朝奉轉臉向王八笑道：「王八哥，你別生氣；這回大概用得著響鑼了。用完了我送你一面。」

說完，飛步出門，鑼聲越發響亮；報喜的一共是兩個人，前面一個打鑼，後面一個一手牽兩條騾子，一手高舉一盞燈籠，上面有字，寫的是：「連捷報房！」

這時街上看熱鬧的人已經很多了，紛紛在問：「是不是陶秀才中了？」有的便迎上去問報子：「是陶家不是！」

「是陶家。」

「在這裡！」汪朝奉站出來，迎面大喊。

於是報子站住腳問：「是陶府上的那位老爺？」

「陶府上的人不在家，託我照應；你放心，只要喜信是真，我重重有賞。」

「甚麼？」報子愕然，「我們連捷報房，百年老店，還會錯報了？陶秀才的官印，不是一個澍字？」

「不錯！我再請教你，安化縣中了幾位舉人？」

「兩位。一位也是我們連捷報的喜，是周家少爺，中了第四十七名——。」

「不錯了！」汪朝奉搶著說，「陶秀才中的第幾名？」

「第四名經魁，要不然，為甚麼這麼晚才報到？」

此言一出，立刻劈里啪啦，響起了鞭炮；原來街坊人家也知道本街的陶秀才進省考舉人去了；倘或中了，與有榮焉，所以有些人特為將過年放剩下的鞭炮找了出來；一聞喜信，搶先致賀。

「來、來！」汪朝奉拉著報子說道：「跟我來！」

到得黑漆小門緊閉的陶家；兩名報子從背上卸下一個硬紙所糊，外塗桐油的長圓筒，拔開蓋子，取出預先備好的報條；用隨帶的漿糊在紙背刷滿，然後一個敲鑼，一個單腿著地，展開梅紅箋的報條，朗聲宣告：「捷報：貴府老爺印澍應本科湖南鄉試高中第四名經魁。報喜人連三元、葉定中叩喜！」

等他報完，池竟成已將用竹竿挑起，一掛五千響的鞭炮點燃；十名更伕是早就教導好了，「噹噹嚡」地狂敲新鑼，分十路去報喜：「陶秀才高中第四名經魁！」接著又是「嚡嚡嚡」一陣狂敲；敲罷報，報罷敲，整個安化城鼎沸了。

這時汪朝奉已將兩名報子延入當鋪，一面備酒飯款待；一面捧出來二十兩銀子，連三元一看氣就來了！

正要開口發作，池竟成機警，急忙說道：「老遠趕來，一定餓了，先請吃了飯再說。」

「那個要吃這頓飯！」這連三元是個直肚腸，心裡有話留不住，「都說你們徽州朝奉厲害，我不賣帳！我又不是窮得到你們這裡來當當頭，是你們自己大包大攬，說替陶舉人料理一切。長沙到安化三百六十里；又是第四名經魁，昨天夜裡三更天出城，馬不停蹄趕到這裡，兩個人性命半條，你二十兩銀子打發那個？你懂不懂行情？」

報喜討賞，爭多論少是常事；像這樣一開口便出惡言的，卻還罕見，但汪朝奉不以為忤，反而笑嘻嘻地說：「我懂行情！我挑你們賺二百兩銀子，好不好？」

一聽這話，連三元楞住了；看著葉定中不知說甚麼好？因為汪朝奉的神情詭秘，弄不清楚他是有意拿他們作耍，還是有幾分真意？

「汪先生，」葉定中老實說道：「二百兩銀子的賞是不敢領。你老看我們三年就靠這一報；陶老爺又是高中經魁，多賞個四、五十兩銀子，也算不了甚麼！」

「我是真話！你們大老遠來報喜，我何苦跟你們開玩笑？」汪朝奉正色說道：「我總包你們心滿意足就是，閒話少說；趕緊吃飯，還有兩處地方要去報喜。」

看樣子真不像開玩笑；想想也沒有無緣無故開玩笑的道理，連三元性急，當即說道：「既然還有地方報喜，先去報了再回來吃飯！」

「這也好！你們跟我來。」

汪朝奉走到客廳間壁的內帳房，只見報上已攤著兩張梅紅報條，墨瀋淋漓，還只剛剛寫好。

「趕快！」連三元說，「拿炭火來烤。」

「對！拿炭火來把墨跡烘乾。」汪朝奉回頭對池竟成說了這一句；向連三元說：「你倒唸一遍看！」

「唷、唷！朝奉先生！」連三元忍不住又要抗議了，「你們當票上龍飛鳳舞那筆字我不認識；倘說報案都唸不出來，還能當報子。」接著便唸，一條是：「捷報貴府陶姑少爺印澍應本科湖南鄉試高中第四名經魁」。這一條當然是報到孫家的。另一條報到吳家，銜頭也換了「貴府聯襟陶少爺印澍」。

「兩處地方分開來報，我話說明白，報到陶舉人岳家的，開銷不會多，大概也是二十兩；你們不要爭。另一處是本地首富，有二百兩銀子預備在那裡，不過不大好拿；要我親自帶了去。」

汪朝奉拍拍連三元的肩膀說，「你老哥脾氣不大好，不宜跟我去；你到陶舉人岳家去吧！」

「好！」連三元十分馴順了。

「你見了孫太太，就是陶舉人的丈母娘；還有舉人娘子，特別要磕頭道喜！你懂我的話不懂？」

連三元當了二十年的報子，甚麼炎涼態都見過，一聽就懂；連連答說：「懂，懂，你老放心好了！」

這時報條的墨跡也烘乾了，兩人分別捲好，攜帶拓榜漿糊；由池竟成、汪朝奉帶路，各奔一處。到得孫家，場面已經亂了，因為更夫早就滿街飛報；賓主無不詫異，從來沒有聽見過這樣子報喜的，也不知是真是假？外面孫伯葵急忙派人去打聽，尚無結果；裡面孫太太卻是喜心翻倒，笑得闔不攏口，因為她知道，這必是汪朝奉的安排，倘無真實消息，絕不會如此冒昧。

不過，秋菱卻格外謹慎，持著保留的態度，當女客紛紛向她賀喜時，她矜持地答說：「還不知道究竟怎麼樣？要等汪朝奉有了通知才能作數。」

這話說到第五遍，圍牆外面傳來鑼聲；秋菱的一顆心跳得彷彿要堵住喉頭，她深怕自己會哭出來，趁女客紛亂問詢之際，悄悄溜到臥室，坐在床上，拉過半邊帳門，遮住身子，手撫著心，強自屏息，仔細聽外面的動靜，但卻辦不到，耳中嗡嗡作響，似乎甚麼都聽不到了。

不知過了多少時候，突然聽得人聲雜沓，有人高聲在問：「咦！舉人娘子會到那裡去了？」

「舉人娘子」四字入耳，秋菱身子一陣抖動，眼眶發熱；趕緊自己對自己說：「千萬不能哭出來！教人笑話！」

「在這裡！」

有個女客的嗓門特大；秋菱聽出來是族中一個外號「孫二娘」的堂嫂。

一個念頭沒有轉完，帳門已被拉開，又高又大的「孫二娘」，一把將她拉了起來，「你倒好！做了舉人娘子，人都不理了！」接著又急忙陪笑，「說說笑話的！妹妹，皇天不負苦心人！恭喜，恭喜。」

這句「皇天不負苦心人」讓秋菱心裡發酸；面對著包圍在身邊紛紛道喜的女客，不知說甚麼好？只問得一句：「我娘呢？」

「嬸娘讓外面請出去了！報子說是一定要見『岳老太太』，磕頭報喜。本來還要請你；那知道你躲在這裡？」

一語未畢，又有人說：「來了，來了！」

來的是孫太太，臉上雖有喜色，卻隱含憂容；這一下反倒使秋菱的心境略能平靜，只是一時還不便動問緣故。

「各位，請外面坐，菜要冷了。」

「這是真正我們孫家的喜酒。」孫二娘也是同情秋菱的，所以這樣說。

「二少奶奶，」孫太太乘機說道：「請你替我陪陪客。」

大家都知道，她們母女必有私話要說；很見機都退了出去，各自入席。秋菱這時不必顧忌了，一面流著眼淚一面笑，靜等她母親開口。

「聽說汪朝奉另外帶了人，到吳家報喜去了！」

「吳家？」秋菱問道：「姊夫家？」

「不是他家還有那家？」

「這，汪朝奉好像做得出格了！跟他家有甚麼關係？」

「照規矩，親戚家都可以報喜的。不過，我疑心汪朝奉是——是為了，」孫太太很吃力地說，「為了替雲汀出氣去的！」

這一說，秋菱頓如芒刺在背，「那——那怎麼可以！」她結結巴巴地說，「那不是太多事了。」

見此光景，孫太太反倒要安慰她了；她說：「不過我想也不會！汪朝奉又不是年紀輕，不懂事的人。」

「要去打聽打聽才好。」

「再看吧！」孫太太拉了她一把，「先陪客要緊。」

母女倆一出去，自然被包圍了；孫二娘已經以半客半主的身分，將席次重新作了安排，除了第一桌首座的老太太行輩特高以外；第二桌的首座，已是虛位以待，留著等秋菱來坐。

「姑奶奶本來是客氣的，又是舉人娘子；好比吃喜酒新娘子坐首席一樣；這個位子，除了我們陶姑奶奶，沒有人能坐。」

秋菱自然不肯，無奈眾口一詞都如此說；孫太太只好說了：「恭敬不如從命，今天也是你的喜事；你就坐吧！」

母命難違，秋菱覥覥腆腆地坐了下來；接著便是道賀敬酒，敬了秋菱敬孫太太。母女倆又得回敬，亂了好一陣才得略為安靜。

忽然孫伯葵闖了進來，一進門便拱手，「各位姑太太、舅太太、少奶奶；諸親好友列位大嫂、大妹子，」他的一張臉像紅布，顯得精神極好，聲音格外宏亮，「今天是我孫伯葵最得意的日子。我兩個女婿一貴一富；大女婿家好闊氣，也很重親戚的面子；報喜的報了去，賞了二百兩銀子。夠意思，夠意思！來、來，拿酒來。」

「爹！」秋菱急忙下座，「你不要喝醉了；我來代你敬好了。」

這時孫伯葵才發覺她是從首座下來的，「原來你高高上坐！應該、應該！今天也是你的喜事。」他說，「你聽見我說了，你姊夫家很替雲汀做面子，賞了銀子二百兩。」

「是的，我聽見了。」秋菱心裡在說，我也放心了。

「太好、太好！女兒，我賀你一杯。」

「是！爹，就吃這一杯吧！」

「那裡的話，我都要敬到。」

「意思到了，意思到了！」孫二娘站起來說，「大叔，你是大如海，姪媳婦知道的；不過雙喜臨門，回頭還有好些事商量，譬如給陶家妹夫開賀，自然要大叔主持。到那一天，大叔你再痛痛快快喝！」

這番話在孫伯葵覺得十分動聽；居然接納忠言，不貪杯了，「這話倒也是！」他說，「我總敬一杯吧！」

敬過一杯，轉身而去；女客便又有新聞談了，報喜的一賞二百兩，出手太闊，反倒令人不易相信。

雜議紛紜，直到席散，在許多堂客心中，始終還是一個謎。須臾客散，只留下極少數的至親，還在喝茶閒談；只見孫伯葵又進來了，後面還跟著一個陌生男子，嚇得有些堂客，趕緊躲到後軒，只有孫二娘素性爽朗，不大在乎「男女之大防」；而且生來好奇，心想孫伯葵能將陌生男子帶來見妻女，必有特殊緣故，倒要仔細聽聽。

入耳第一句，便讓她一喜！原來秋菱迎上來一叫「汪先生」，便知是汪朝奉，在他口中有許多新聞可聽；吳良賞報子，何以竟能一出手便是二百兩，莫大疑團亦可解開了。

「孫太太，道喜來遲，得罪，得罪！」說著汪朝奉朝上長揖：「雙喜臨門，可喜可賀！」

「大家同喜！」孫太太愉悅地笑著：「汪先生請坐！」

「是！」汪朝奉又向秋菱拱手：「陶大嫂，恭喜，恭喜！」

「謝謝，謝謝；汪先生——，」秋菱的眼睛有些潤濕了，「我也不知道怎麼說才好。」

「汪先生古道熱腸，實在感謝！」孫伯葵接口說道：「汪兄，請外面坐吧！關於小婿開賀之事，我還要好好請教。」

這一下真所謂「皇帝不急，急煞太監」，孫二娘趕緊搶出來說道：「大叔也是，這樣的交情，比通家之好更深；為妹夫開賀的事，為甚麼不在這裡談？人多，容易商量。」

「喔，」孫太太急忙引見，「汪先生，這是我的姪兒媳婦。」

「孫二少奶奶！」汪朝奉又是一揖。

「不敢當！」孫二娘代作主人，指著上首椅子說：「汪先生請這裡坐！大叔，你老人家也坐啊！」

等汪朝奉與孫伯葵坐了下來，孫二娘又招呼茶水，端上現成的果盤；亂了一陣，彼此坐定，仍是她先開口。

「汪先生，多謝你；聽說報子是你代我二妹接待的。」

「是的。雲汀兄跟陶大嫂關照過我，受人之託，忠人之事；何況原是好鄰居，理當照應。」
「足見得汪先生熱心，聽說還特意帶到我大妹夫家去報喜。」
「既是至親，理當報喜。吳老先生也很夠意思，做了一番大大的豪舉，不但孫府上跟雲汀兄很有面子；連我亦與有榮焉。」
「是啊！」孫二娘興致盎然地，「我們也聽說了，不過有點不大相信；汪先生，當時是怎麼個情形，倒說給我們聽聽。」
此言一出，汪朝奉便發覺屏風後面，裙幅窸窣，知道想聽新聞的人不少；但他無法細說。原來，當葉定中所攔的報條，未貼上吳家大門以前，汪朝奉雇用更伕，十路報喜，已使得吳良父子，黯然失色，好不自在。及至汪朝奉帶著葉定中上門報喜，吳良勃然震怒，認為汪朝奉竟是有意上門來羞辱，幾乎就忍不住要發作。
然而畢竟還是忍住了，因為第一，家有喜事，滿堂賓客，豈可自己發怒攪局；其次，「伸手不打笑臉」，汪朝奉連聲「恭喜」，不能板起臉來說一句：「喜從何來？」最後，也是最要緊的是，汪朝奉的一句話。
「良翁！」他說：「我還有極好的消息奉告。」
「喔、請教！」
「天機不可洩漏！來，來，請過來。」
看他的神色，不似開玩笑；吳良便由著他撮弄到一邊，聽他說些甚麼？
「良翁，你那懸紅以待的一句話，可作數？」
「笑話！我吳某人說話，那句不作數？何妨區區二百兩銀子？」
「二百兩銀子，在良翁是區區；在貧士看，真是多多。陶雲汀一向耿介，不敢受良翁的厚愛，那時區區二百兩銀子，豈不大大傷了良翁的面子。」

「啊！」吳良被提醒了，真該記取「滿飯好吃，滿話難說」這句俗語，看樣子陶澍必不受此辱；他不受，自己便是自取其辱，「這該怎麼辦呢？」他搓著手說：「倒真要請教了！」

「我已經替良翁想好了絕妙的一個主意，拿這二百兩銀子，賞了報子。」汪朝奉緊接著說，「這一來，良翁有面子，陶雲汀也有面子；而且一定心感。二百兩銀子結交一位舉人，十分划得來的事。一舉數得，何樂不為？」

「有道理，等我想想。」

「不必多想，多想就不值錢了！良翁，你這『懸紅以待』四字，如果是對陶雲汀而言，大家會批評你，拿錢砸人；說是懸紅以待報子，就顯得你是看重親戚。補過要快，不可猶豫！」

「說得是！」吳良也醒悟了，滿面笑容地走到席前大聲說道：「舍親陶雲汀，果然高中；不枉懸紅以待的一番厚望！」接著向侍席的聽差吩咐：「把那二百兩銀子賞了報子。」

此言一出，滿座驚愕，不僅因為想不到吳良出手如此之闊；更感詫異的，居然是為了陶澍而有此豪舉。

葉定中也是做夢都想不到會發這種財？上得廳來，磕頭謝賞；只為過於緊張激動，捧著一盤元寶，摔個大觔斗。於是舉座鬨堂，吳良也更得意了。

「汪兄！」他很親熱地說，「來，來！請上坐。」

「謝謝！我只叨擾一杯喜酒，就得告辭。」

吳良那裡肯放，好說歹說，坐了有半個時辰方得脫身，隨即轉來孫家。一則道賀；二則確是來商量如何為陶澍開賀，以及如何打點他上京會試？

不過，看樣子這天是無法再談的了；汪朝奉想了一下便說：「府上喜事，接踵而來；今天是大小姐出閣，明天又要預備嬌客回門。關於雲汀兄的一切，我先去籌畫，稍停一兩天，我再來向葵翁請教。」

「是、是！」孫伯葵急忙拱手稱謝：「小婿多承汪兄照應，感激不盡；誠如尊論，喜事接踵而來，只好料理了一件再料理一件，不然就亂了。開賀是件大事，還要請汪兄多多費心；明天下午，我到寶號去奉訪，當面商量。」

「好，好！我恭候就是。」

孫太太與秋菱亦復相繼稱謝；但以當著許多堂客，有些話亦不便出口；甚至有些話是連孫伯葵面前都不便說的，只有母女倆夜深私語。

「真是皇天不負苦心人！」孫太太說，「多少天來提心吊膽，現在總算可以放心了。」

「娘！」秋菱憂心忡忡地答說，「我總覺得事情不像真的！」

「那裡會假？事情來得太好了，名次中得這麼高，所以倒覺得不是真的。」孫太太緊接著又說，「汪朝奉真正難得！不光是熱心，還真能幹；吳家那二百兩銀子，他想出那麼一個辦法來，真是兩全其美。」

「這——，」秋菱遲疑著說，「我倒不大懂了。」

「你想，那位吳親家老爺，狂話已經說出去了；等雲汀回來，他這二百兩銀子送不送？不送，人家會笑他；送了，一定碰釘子，面子更丟不起。這門親戚本來就認得尷尬，再有這麼一個過節在，一定會成怨家；你想，我跟你心裡會不會好過？」

這個道理不說想不到，一說就明白；秋菱心悅誠服地說：「到底娘見事見得明，真的虧得汪朝奉無形中化解。不然，無緣無故姊夫家做了怨家，叫我怎麼還能做人？」

「是啊！大家都不會好過。如今看樣子，吳家倒是很想跟雲汀做親戚；到底是舉人，跟縣官可以平起平坐的；不是我說句看不起吳家的話，他們也很想巴結這門親戚，好歹有個照應。阿菱……」孫太太略停一下，終於說了出來，「將來你要勸勸雲汀，對吳家看開些！千不念，萬不念，念在我的分上。」

「娘這話太重了！」秋菱立即接口，「就是娘不說，雲汀也不敢存什麼意見的。」

「話不是這麼說。人爭一口氣，雲汀的委屈受得深了，難免要出出氣。其實——唉！」孫太太嘆口氣，微微搖頭，是一種不忍卒言的神氣。

「你老人家又有什麼想不開的事？」秋菱勸慰著說：「照我說，喜事重重；娘辛苦了半輩子，以後要享享女婿的福了。」

「你跟雲汀是會孝順我的；別的我就不想了。」孫太太又說：「我現在只有一件放不下心的事。唉！」

這樣連連嘆氣，使得秋菱大為不安，「娘！」她著急地說：「到底是什麼事放不下心？」

「還不是你姊姊！」孫太太說：「我不知道她知道了雲汀的喜信，心裡是什麼味道？」

這是可想而知的，至少應有悔恨之意；尤其是在洞房花燭之夜，一個人一生只有一次的良宵，聽得這麼一個消息，也真正命苦了。

「唉！」秋菱亦為之扼腕嘆息：「雖說雙喜臨門，實在不巧；報喜的晚一兩天也好些。」

提到這點，激起了孫太太的無名怒火，「都怪你爹！門縫裡張眼，把人都看扁了。當初吳家送日子，挑的今天；我就說那兩天正好發榜，不如改一個。你爹倒瞪著眼問我：發榜跟我嫁女兒有什麼關係？是看定了雲汀不會中的了！我一賭氣懶得跟他再說。」孫太太恨恨地又說：「如今他又老著臉要為雲汀開賀；他有什麼資格說這話？我不要他來管這件事。」

「娘！娘！你也不要怪爹。」秋菱自然極力解勸，「好日子是不能動的；發榜上落一兩天是常事，碰巧了，誰也怪不上。」

「我也不是怪他；只是氣！」

「氣就更不必了。娘，世界上也沒有什麼十全十美的事；總也有不如意的地方。不過，這點不如意，偏偏教姊姊遇上了。」

對世上並無十全十美之事這句話，孫太太大為欣賞：仔細體味了一會，心情大為開朗，「你姊姊也是自作自受，沒法子的事。」她說，「我們來商量商量，開賀請客的事。」

話雖如此，實在也無從商量起。因為鄉試中式成了新舉人，除了在省城裡拜老師、會同年、赴「鹿鳴宴」、刻闈墨、領取建水陸牌坊銀子，以及頂戴衣帽等等以外，回到安化應該如何立旗桿、祭宗祠、改換門楣，都有一定的規矩，孫家母女倆只有一個模糊的印象，自然無法作何決定。不過一點，她們是可以商量的；那就是如何籌畫這筆費用。

「我私底下問過人，」孫太太說，「藩台衙門發的牌坊銀子只有二十兩，立兩根旗桿都不夠，各種開銷，至少也要三、四百兩銀子；闊氣的上千論萬，亦不足為奇。還有雲汀明年春天進京考進士的盤纏。照我看，至少要籌八百兩銀子。」

一聽是這樣一個鉅數，秋菱不免發愁。愁的是不但不易籌措；還要想到如果吳家好意資助，應該如何拒絕？而且，就算是娘家幫忙，其實也是吳家的錢——孫伯葵手裡有筆吳家所送的聘金。她在想，辭謝吳家的好意，還比較好辦；如果是父親給一筆錢，「長者賜，不敢辭」，況且也是事實上所需要的，那時怎說得出辭謝的話？

轉念到此，不由得又想到了汪朝奉；而且很快地作了一個決定。這個決定是很冒失的，萬一不成，情勢將會非常尷尬。但此時如果不說，很可能沒有機會再說；即使冒失，也非先開口不可。

「娘，你請放心。」她說：「汪朝奉答應過雲汀的，不管用多少錢，都由他暫墊。另外還有娘給我的那筆錢，我一直不肯動它；現在貼補在裡頭也差不多了。這一層，請爹跟娘不必再費心了。」

「那好！」孫太太亦頗感安慰；「最好不要用你爹的錢。」

聽這一句話，便知母女是一條心，秋菱急忙又說：「娘最好先跟爹說一聲。等爹把錢拿了出來，如果不受，他老人家會生氣。」

「嗯！」孫太太點點頭：「他不是什麼大方的人，總要先跟我來說；到時候，我再跟他說。」

到得第二天中午，孫伯葵果然來跟老妻商量了，「雲汀家徒壁立，那裡有力量來辦喜事。」他說：「吳親家今天送了一千兩銀子的賀禮來，我替他收下了。這下正好，什麼都不用愁了。」

孫太太一聽大驚，急忙問說：「禮是什麼時候送來的？」

「剛才送到。」

「送禮的人呢？」

「是他家的二總管。」孫伯葵說，「我留他在吃飯。」

「還好！」孫太太說，「你把銀子還給他。你別忘了，你姓孫；禮是送陶家的，受不受人家自己會作主，你不能冒昧。」

孫伯葵愕然，「你，你，」他問，「你這話是什麼意思？」

「我跟你明說了吧，雲汀不肯受這份重禮的。別說是吳家的重禮，連我們都不必送。」

「那，開賀請客，擺酒席唱戲，沒有幾百兩銀子下不來；他那裡來這筆錢？」

「人家有好朋友。用不著親戚費心。」

「你是指汪朝奉？」孫伯葵說：「徽州人、山西人，最精明不過，用一個小銅錢都要算一算的，會這麼大方？」

「對了！就有那麼大方。」

孫伯葵不再爭辯了，只哭喪著臉向孫太太商量，如何消除他的難處？如果一開頭推辭，道是這份禮太重，陶澍是不是肯收，要等他本人來決定，話很好說；既已代收了，卻又退回；明明就是不受。剛結的一門親戚，便存芥蒂；是多麼不合適的事！

「我不管！」孫太太硬起心腸說，「你自己做事欠考慮，自己去想法子。」

「我也是好意，為雲汀設想。」

「哼！謝謝你這種好意！如果你當初肯為雲汀想一想，又何至於會有今天？」

「今天有什麼不好？兩個女婿，一富一貴！那家不羨慕我們？倘或這兩門親戚和衷共濟，彼此都有好處；偏偏你要從中分出彼此，搞得親戚不和，不知道是何居心？」

聽得這話，孫太太氣得發抖，「莫非你說我在挑撥他們兩家不和？」她氣急敗壞地說，「你不想想，雲汀不是看我的面子；不是阿菱孝順懂義氣，你今天那裡來的貴婿？只怕讓人說你一句欺貧愛富，活報應！你走都走不出去了。」

「那是另外一回事！既然我命中該有貴婿，當然也希望他親戚和睦，彼此有個照應。這也做錯了嗎？」

「自然做錯了！做人、做人，拿什麼來做？要靠有骨氣。雲汀是有骨氣，你偏偏要教他沒有骨氣。你倒再想想看，換了你是雲汀，受了那麼大的委屈，今天還要叫他再受；你心裡是怎麼個想法？」

「我啊！我是得意。中了舉人，自有人送錢上門來給我用！」

「錢，錢！」孫太太切切地罵道：「你就是見錢眼開；為了錢，女兒都可以許兩家。」

這等於罵他賣女兒。話可是重了一點；孫伯葵勃然變色。一直在門簾後面靜聽，不便露面的秋菱；眼看父母要吵得不可開交，急忙閃出身來，先喊一聲：「爹！」然後說道：「爹跟娘都是為雲汀好。有話慢慢商量！」

「好！」孫太太接口說道：「阿菱在這裡，她可以替雲汀作一半主；你自己問她好了。」

孫太太的意思是希望秋菱幫著她說話；但秋菱的身分不同，做女兒的，話不能說得如她母親那樣強硬。她也必得體諒孫伯葵的處境；而最重要的，她不願見兩老因此而不和。想一想，只有讓陶澍先受了委屈，另作計較。

作是作了決定，但不能不先撫慰母親，「娘，」她說，「你老人家先請進去，我有話說。」接著又回頭說道：「爹！你先請坐一坐，喝碗茶，把心定下來。」

說完，扶著孫太太到了裡屋，卻不說話，只是愁顏相向。這便充分表現了，她為父母勃谿在憂愁、在著急。

孫太太也比較冷靜了，「阿菱，」她說：「你是什麼意思，你自己說。」

「事情明擺在那裡，爹不願意得罪吳姻伯；娘一定要他退回去，以後天天擺臉子給娘看，怎麼得了？」

「你的意思是收吳家這筆禮？」

「我要去問爹，他如果說絕不能退，只好收了下來再說。」秋菱緊接著說，「不過，等雲汀回來，我可要說，是娘一時沒有弄清楚，誤收了下來的。只要是娘作的主，雲汀絕無話說。」

這句話對孫太太是一種安慰，不過越是如此，越使她覺得有一種情形，必須先提出警告：「你可要仔細想一想，吳家為什麼肯送這份重禮？說不定是有意結交雲汀。吳家為一塊田的界址不清，跟人家打了好幾年的官司了；聽說最近又在鬧。如果將來要雲汀幫他在縣官那裡託人情；拿人的手軟，雲汀會為難。」

這個警告不能不重視。她知道丈夫的脾氣，如果有此情形，陶澍絕不肯管閒事。那時候一定會悔不當初。

不過那到底是以後的事；且先顧眼前要緊。秋菱突然靈機一動，很有把握地說：「娘，你請放心！等我跟爹去說。」

說完，不等孫太太有所表示，便走了出去。

秋菱的主意是，吳家的重禮不妨先收了下來，為的是可以解除孫伯葵的窘境；可是她亦聲明在先，這筆錢絕不會動用分文，等陶澍回來再作處置，也許會捐給育嬰堂、養老院。

孫伯葵但求得一時，自然滿口應承。不過心裡卻有數了，妻、女、婿三人是一條心，絕不願受吳家的好處。當然，吳家也不能期望陶澍將來會對他們有何幫助。自己要把握住少管閒事的宗旨，倒可免卻好些煩惱。

以財敵才

陶澍回安化是在九月底。汪朝奉雇了一班吹鼓手到城外去接；親友來歡迎的也很多，其中包括了楊毅與吳少良。

車子一到，汪朝奉首先迎了上去，彼此一揖；陶澍本有好些話要跟他說，一見有那麼多人，不便出口，握著他的肩頭在躊躇。

汪朝奉知道他的心意，滿面春風地說：「新貴人、新貴人，請先見見諸親好友。」

等他一閃開，楊毅奔了上來，兜頭一揖；「蛟龍非池中物！」他也是喜氣洋洋，笑容一直浮在臉上，「可喜，可賀！」

「勞楊兄遠來接我，真不敢當。」

「理當如此！」

接著，親友都圍了上來；陶澍一一招呼，到末了一個客人，二十來歲，衣飾華麗，但面容蒼白，精神委靡，一望而知是紈袴子弟，卻不識其人。

「這位是？——」他問汪朝奉。

汪朝奉與楊毅伴著他在身邊，彷彿左輔右弼；「左輔」尚未答話，「右弼」搶先開口了。

「雲汀兄，」楊毅以詫異的語氣說道：「你們至親，莫非從未見過？」

陶澍恍然大悟，原來他就是吳少良；正不知該如何稱呼時，吳少良已拱手說道：「妹夫，恭喜，恭喜！」

他倒居然認了親戚！陶澍本想持保留的態度，稱他一聲「少良兄」；話到口邊，驀地裡發覺，這彷彿不承認自己是孫家的女婿，貶損了秋菱的地位，也對不起岳母，所以改口答道：「姊夫，彼此同喜！」

「好個彼此同喜！」楊毅在一旁湊趣，「雲汀兄高中，不特你們至親同喜；我們做朋友的亦與有榮焉！不特朋友，亦是安化之榮。」

「言重，言重！」

汪朝奉有些看不起吳少良跟楊毅，不願陶澍多跟他們周旋；便即插進去說道：「替新貴人備了馬在那裡，鼓樂前導，衣錦榮歸吧！」

這有些像狀元遊街了！陶澍覺得過於招搖，很想辭謝；但「左輔右弼」不由分說，將他簇擁上前，扶上馬去。那匹白馬脾氣不大好，噴鼻踢蹄，時刻要發作的模樣；陶澍怕拖拖拉拉，惹得馬厭煩了，踢傷了人，只好跨上馬去；汪朝奉將一方紅緞，往他肩上一披，吹鼓手隨即嘰嘰哩嗎啦，吹將起來；一個戴紅纓帽的馬伕，拉馬前行，迎接的親友，有的上車，有的騎騾，更多的是步行，拉成長長的行列，迤邐進城。

這一下自然吸引了許多人上街來看熱鬧。陶澍覺得這樣招搖過市，是件令人很窘的事；但汪朝奉的心情正好相反，緊隨在馬旁，臉上像飛了金一般，好生得意。

見此光景，吳少良自覺沒趣；他是坐了車來的，趁轉彎時，悄悄關照車伕脫離行列，逕自回家。

「大爺回來了！」巧筠站起來迎接；「替大爺倒茶來。」

兩個丫頭，一個倒茶；一個來替大爺卸馬褂。吳少良一言不發，坐下來眼望著窗外，什麼人不理。

「大爺到那裡去了？」巧筠溫柔地問說。

吳少良動都不動；過了好一會，突然將桌子一拍，霍地站了起來，嚇得巧筠和兩個丫頭，都倒退了幾步。

「媽的！神氣什麼？我也去弄他個舉人來玩。」接著便高聲喊他的小廝：「黑伢仔，去看楊大爺回家沒有？說我請他馬上來。」

巧筠明白了，丈夫必是去接陶澍；不知怎麼受了刺激，所以也想「弄個舉人玩」。聽他的口氣，迎接陶澍的場面必是很風光。此刻呢？此刻自然到家了；親友稱賀，熱鬧非凡；秋菱也應該很神氣了。

一想到此，心痛心酸；急忙躲開，才使得眼淚沒有在丈夫面前流下來。

老奶媽是「陪嫁」了來的，自然知道她這副眼淚的來歷，便悄悄勸道：「不要這樣！姑爺看見了會多心。」又說：「各人頭上一爿天，當初要做吳家的媳婦，總也想到過，說不定有今天這一天；沒有什麼好悔的。」

聽得她這樣說，巧筠也只好用「各有因緣莫羨人」這句話來強自排遣。無奈耳聞目擊，處處讓她感到刺激，先是聽說安化知縣都鳴鑼喝道，特地去拜訪陶澍；再是聽說陶澍捐了一千銀子作善舉，養老院特地選了兩個年逾七十，身子還硬朗的老嫗，去給「陶舉人娘子」道謝。

而最難堪的，還是開賀那天，回娘家去赴席。

孫家請客是在汪朝奉為陶澍安排，借江西會館正式開賀的第二天；請的主客當然是陶澍夫婦，陪客皆是家屬近親，家宴不請外客，也就破例不相迴避，同堂兩席，男女分座。這樣，巧筠就不能不跟陶澍見面了。

這當然是非常尷尬的一件事。孫太太曾為此煞費躊躇，很想讓巧筠避免跟陶澍見面，而苦無善策；一再跟秋菱商量，亦不得要領，因為秋菱的處境也很難，她必須替陶澍表現得很大方，絲毫不存芥蒂的樣子；同時她也不便出什麼主意，譬如巧筠如果覺得受窘，不妨託病不到。

這話傳出去會變樣，說她容不下巧筠；惹出這個誤會，跳到黃河洗不清，她當然非慎重不可。想來想去，只有照規矩辦；不落任何痕跡是上策。而且，孫太太也叫人去找了老奶媽來，勸巧筠大大方方來赴宴認親，反倒可以消除許多流言。當然，她也很小心地暗示了家屬近親，特別是口沒遮攔的孫二娘，千萬莫提往事，免得巧筠受窘。

話雖如此，巧筠的心境卻是覺得死也比跟陶澍見面還容易些。可是她也知道，如果不衝這一關，以後聽到的風言風語，會讓她沒有一天安寧的日子好過；因而決定到了這一天，還是硬著頭皮回娘家。

這一天終於到了！巧筠老早便已起身；事實上是心中有事，一夜未得安枕，好不容易捱到窗紗微現曙色，不如起來，還少受些拘束。

這時丫頭還不曾起床；吳少良更是好夢方酣，巧筠怕驚醒了他，燈也不點，門也不開，一個人悄悄坐在靠窗的椅子上，心裡不由得就想，陶澍與秋菱，此時不知作何光景？

她只能這樣自問，卻無法設想；因為一轉到這個念頭心就亂了。

等定下心來又想，今天見了陶澍，他會是怎麼一種神情；自己又應該持何態度？這下，心更亂了；思潮起伏，久久不能平息。於是她又生了警惕，或者說是畏懼，想到陶澍，已經如此；見了本人，更難自持，大庭廣眾之間，忸怩失態，那是件多可怕的事！

也不知道過了多少時間，聽得門外丫頭在輕喊：「少奶奶，少奶奶！」

巧筠去開了門，外屋不但有丫頭，還有老奶媽，花白頭髮已梳得很光亮；換上簇新的藍布夾襖，外罩直貢呢背心，手上戴了一金一寶石兩個戒指。她倒已經是作客的打扮了。

「臉水恐怕涼了。」有個丫頭說，「我去換一盆。」

「嗯！」巧筠又支使另一個丫頭，「你先不忙掃地，到後園去採幾朵菊花來。」這是故意將丫頭們調開，好跟老奶媽說話；首先就想到該穿什麼衣服？

「自然是大紅緞子平金的灰鼠襖；大紅裙子。」

「一身紅！」巧筠皺著眉說，「俗氣不俗氣。」

「不是俗氣是喜氣，還不曾滿月，簇簇新的新娘子，不穿紅穿什麼？」紅裙自然要穿的，上身就不必穿平金緞子灰鼠襖了；巧筠心裡想，越是穿得華麗闊綽，只怕越惹人在背地裡批評。

「不要著什麼皮貨，大家都是薄棉襖；我一個人不要顯得異樣。」巧筠又說，「也不必戴什麼首飾。回自己家又不是到那裡去。」

老奶媽體會得到她的心情，卻不能不提醒她，「小姐！」她輕聲說道：「你不能穿得太樸素；姑爺會不高興。」

巧筠不作聲。心裡承認她的話說得不錯；吳家父子喜歡以富驕人，像今天這種場面，也只有闊綽才能匹敵陶澍的得意——吳少良是早就新製了一襲監生的服飾；素銀頂的吉服冠，由於十月初一起已換戴暖帽，所以特為花了三百兩銀子買了個紫貂帽簷，預備到岳家去出一出鋒頭。如果自己的服飾不能跟丈夫相配，可想而知的，吳少良一定會不高興。

「唉！」巧筠嘆口氣，「真難！」

「看開些！」老奶媽說，「只當到別人家去吃喜酒；心裡一丟開，硬硬頭皮就過去了。」

只怕還要老老面皮——巧筠在心裡說。

「姑爺快起來了。」老奶媽說：「早點預備早點去；也顯得親戚的情份。」

早到早受罪！巧筠又是在心裡說。等臉水打了來，老奶媽與兩個丫頭幫著梳頭上妝；刻意修飾。剛打扮好；吳少良起床，出來一看便喝聲采：「真俊！」他又補了一句：「這上頭，陶雲汀可遠不如我了！」

聽得這話，老奶媽第一個高興；巧筠自然也深感安慰，而且添了幾許信心，不管怎麼樣，自己的容貌，總是無人可及的；儘不妨自矜自重。

由於矜持的緣故，巧筠便不大有笑容，見了母親與秋菱，倒是很親熱；殷殷致意。但親熱與高興是兩回事，在旁人看來，總覺得她鬱鬱寡歡似地。

秋菱是早就盤算過的，深怕大家都圍著她說話，冷落了姊姊；所以一直跟巧筠坐在一起。這一來，說話就有顧忌了，論陶澍秋闈得意，怕巧筠感受刺激；談閨中習見的話題，衣服首飾之類，又怕衣飾樸素的秋菱聽得不是味道，因而連健談的孫二娘都很少開口，氣氛清冷得令人難受。

到得開席，堂客都到了廳上，少不得要見一番禮；「大姑爺」、「二姑爺」之聲，不絕於耳。陶澍從容周旋，吳少良就不免顯得猥瑣；加以十月小陽春，那頂貂冠熱得他滿頭是汗，那就不但猥瑣，而且狼狽了。

最後是姊妹雙雙來見男客，大部分是孫家族人，在孫伯葵指引之下，伯叔兄長，一一招呼，漸漸逼近陶澍與吳少良，姊妹倆都緊張了！巧筠是說不出的忸怩不安；秋菱是因為瞭解姊姊的心情，深怕她跟陶澍彼此失態，搞成尷尬的場面，以致滿座失歡。

不過，有一點是秋菱可以放心的，陶澍對巧筠已經完全諒解，所以對吳家亦就不會有任何芥蒂。這樣，秋菱對吳少良的話就好說了。

「多謝姊夫！」她說，「姻伯太客氣了！雲汀心裡亦很不安。」

「小意思，小意思！」吳少良拱拱手說。

於是，秋菱閃開一步，巧筠的一顆心跳得很厲害，連抬眼看一看陶澍都不敢，借著行禮需要彎腰的姿勢，低頭說了句：「妹夫大喜！」

「同喜，同喜！」陶澍答說：「姊姊大喜的日子，我沒有能夠趕回來喝喜酒，抱歉之至。」

秋菱覺得他這話說得不甚合適，會讓巧筠無以為答，因而趕緊接口說一句：「回頭多喝一杯！」

「一點不錯！雲汀今天要多喝幾杯。」孫伯葵也來解圍；擺一擺手說：「請大家入席吧！」

巧筠挽著秋菱的手，腳步都有些發軟了；暗暗透口氣在心中自語：「到底算是過了一關了。」

到入席時，又出現了爭讓。男客一桌推陶澍為首；自然謙辭，最後是孫家族長的一句話，陶澍才在長者所命不敢堅辭的情況下，坐了首席。

在另一桌上，卻以秋菱的堅持：「姊姊還沒有滿月，到處都要坐首座的。」她說，「我不能反坐在姊姊前面。」

「今天是為二姑爺中舉賀喜。」有人這樣說，「應該你坐首座。」

「是啊！」巧筠也說，「你不要客氣。」

「不是我客氣。雲汀中舉，又不是我中舉。姊姊，你坐下來！」

說著秋菱硬把她捺在座位上。論氣力，巧筠自然不敵；也覺得爭來讓去，掙扎不休，彷彿姊妹吵架似地，也不甚合適，終於就此坐定了。

兩桌安排首座，是在同時；定局了一看，那面陶澍，這面巧筠，那不相配；但也沒有人覺得應該重新調換。錯就錯了吧！許多人這樣在想；當初婚姻就錯了，又何必在乎此刻坐錯席位？

平生最大的窘境算是衝過去了；卻帶回一片抑鬱的心情。

巧筠到此刻才知道，珠圍翠繞並不能為她增添任何光彩；只是夫婿爭氣成材，方是最大的福分。她念念在心，也不時在刺她的心的是，孫二娘的一句話——孫二娘守著孫太太的告誡，一直謹言慎語，但喝了幾杯酒，卻忍不全住要說了。

「二妹妹，」她看秋菱說：「妹夫將來當然會替你掙一副五花誥封；不過照我說，你這副誥封應該先讓給嬸娘。」

「嬸娘」是指孫太太。妻子的誥命，能不能貤封岳母，誰也搞不清楚，有的說可以；有的說不行。巧筠默然不語；心裡只在設想，秋菱一受誥封；遇到親戚應酬的場面，自己就不能不屈居在下了。

因此，當吳少良在岳家與陶澍同席，相形之下，飽受冷落；不由得又動了「弄個舉人來玩」的念頭時，巧筠也表示贊成。

不贊成的是楊毅。「世兄，」他說，「你何必爭此閒氣？做官要混到能夠享福，頭髮白了，牙齒掉了，腰也彎了，有福都不能享；何如你在家鄉逍遙自在。」

「話不是這麼說！有的地方差不多一點；像那天，我是素銀頂子，人家是銀座子上，站一個小麻雀，就道監生跟舉人的服飾頂戴不同，我那塊貂帽簷再貴也不值錢。」

「那末，世兄，你想怎麼辦呢？」

「替我找個槍手！下一科無論如何也要弄個舉人做！」

「等你做了舉人，人家中了進士，你還不是相形見絀？世兄，你要知道，鄉試可以有槍手；會試是沒有槍手的。」

「那，那是何道理？」

「京裡有同鄉，誰是肚子裡有墨水的；誰是一團茅草，那個不清楚？世兄倘要考考你，你怎麼辦？再說，中了進士要殿試；同鄉京官去送考，忽然跳出來一個相貌不同的吳少良，那不是荒天下之大唐？功名無緣，殺頭有分！罷、罷，世兄，人生妻財子祿是有一定的，富而不貴，貴而不富，你占一個字，他占一個字；各有因緣，儘可心平氣和。」

「有錢沒面子，倒不如有面子沒有錢。」

楊毅笑了，「這是你此刻的想法！」他忽然收斂了笑容，正色說道：「世兄，如果你只是要爭面子，有條捷徑，為何不走？」

「喔，」吳少良大為高興，「快說，快說，捷徑在那裡？」

「何不直截了當捐個官做？」

此言一出，吳少良不由一愣。但很快地就想通了，捐官要錢，有錢就有官做；把錢與官連在一起，想到家裡有錢，他便彷彿覺得自己已是個官了。

就為了這一份感覺，立刻便神氣了起來，「是啊！官有什麼了不起，我照樣也能做。」吳少良問，「最大可以捐個什麼官？」

「道台。」

道台也不小了，比知府還大，吳少良又問：「捐道台要多少銀子？」

「總要兩、三千。」

「就算他三千好了。楊大叔，我跟老頭去說，明天就把銀子捧出來。捐來道台，走馬上任；鳴鑼喝道去拜陶雲汀。倒要看看是他舉人神氣；還是我道台神氣。」

聽他所說，竟如夢囈；楊毅不由得好笑，「慢來，慢來！世兄，」他說，「官是這麼容易做的，就不值錢了。」

吳少良自己也覺得說得太方便了些，於是問說：「要怎麼做呢？」

「第一、先捐出身；你是捐了監生的，這一關不必再過。第二、要進京到吏部去上捐。本來在藩庫也是可以繳銀子的；不過你要到吏部『投供』領部照，反正要進京的，不如直接到吏部繳銀。」

「說得是！還有呢？」

「還有，你捐個道員，不過捐個銜頭；道員三品，可以戴亮藍頂子，穿了公服去拜縣官，他得開正門迎接。至於真正想做道台，先要捐個『花樣』。」

「什麼花樣？」

「這個花樣就叫『花樣』。凡是加捐了花樣的，可望提前分發。世兄，吏部只把你分發到那一省去候補，候到什麼時候補缺，又是另外一回事了。」

「怎麼呢？」

「還要到了省裡，另走門路。」

想起章服榮身，大搖大擺，吳少良的心思又活動了。不過，兒子是三品道員；老子還是一品老百姓，似乎說不過去。同時他也想到，捐官的錢要父親拿出來；這一層如果沒有一個滿意的解釋，錢是到不了手的。

於是他問：「楊大叔，我爹呢？我做了官，我爹的身分不是比我低了嗎？」

「那有這話？兒子做了官，父親就是老封翁；身分怎麼會低？」

「那好！楊大叔，請你陪我一塊兒去見我爹，跟他商量著看。」

「可以。」

到得吳良那裡，做兒子的開得一句口，以下都是楊毅解說。吳良心中一動；對吳少良說：「幾千銀子小事；事情要做得有道理。等我跟你楊大叔叔慢慢談。」

第二天，吳良打發人將楊毅約到張小腳那裡，橫躺在榻上，隔著一盞煙燈，低語密商。原來吳良有一方田，偏偏缺一隻角，地當要衝；長工下田，中午送飯，要繞道而行，非常不便。

那塊田的業主姓劉，人很老實但有橛氣；吳良派人跟他去說，希望能在他的田裡面，闢出一條通路。如果好言好語，未始不可商量；無奈有惡主就有豪奴，話不投機，不歡而散。吳良又想買他的這塊田，亦未成功，因而結成了怨家。

「我這口氣一直憋著胸口，非要出了，心裡才會好過。老楊，少良做了官，能不能讓我出這口氣？」

「那要看你預備怎麼樣出這口氣？」

「我想斷他的水道。」

「那一來不就要鬧糾紛了。」

「是啊！」吳良答說：「我有個做官的兒子，鬧起糾紛來，應該占上風。」

楊毅想了一會說道：「其實，我倒勸你不妨捐個三品銜。」

「這就不划算了！我做官，兒子不過大少爺，少良捐了官，我是老封君：這話，不是你自己說的嗎？」

說到這裡，盤腿坐在吳良身後，替他在搥背按摩的張小腳插嘴說道：「大少爺做了官，你就是老太爺，跟縣大老爺平起平坐；有這份威風，自然有人來巴結。姓劉的說不定也不會這麼硬了。」

就這幾句話，使得吳良下定了決心；替兒子捐官，無論如何是件值得做的事，不必考慮太多；要商量的只是如何著手而已。

一舉成名天下知

挑定長行的日子是正月初八。汪朝奉為陶澍犧牲了回鄉過年的機會，替他安排進京會試；他的意思是，陶澍應該臘月初就動身進京，早早安頓了下來，一方面諸事從容；一方面可以拜訪同鄉京官，結交幾個好朋友，將來也有照應。

這番打算是好的。進京會試，除非因為特殊原因，譬如家中要事羈身，本人有病，或者籌措川資有困難，通常都是前一年秋冬之間進京；陶澍有慈祥的岳母、賢慧的妻子，還有肝膽相照、親如手足的好友，身子極好，盤纏充足，沒有理由不提早進京，去好好準備會試。但是，陶澍是重情義的人；他覺得汪朝奉既然不回家過年，自己就應該陪著他守歲。

除夕那天，吃過年夜飯，先訪典當；汪朝奉正帶頭跟夥計、徒弟在擲骰子。一見陶澍都說：「狀元來了，狀元來了！」原來擲的是「狀元紅」。

「怎麼樣，討個采頭？」汪朝奉含笑相邀。

陶澍從不好此道。不過他為人方正，卻無道學面孔；既是佳節，又不算真正賭博，逢場作戲，又有何妨。因而欣然坐了下來。

汪朝奉已經提了幾串制錢，解散了紅頭繩，堆在他腳下；起手一擲，大家都大喊「全紅」！

雖是空喊，陶澍看大家緊張地注視碗中滴滴溜在轉的骰子，心頭有一種異樣的充實，幾有不勝負荷之感；大家都待他那麼好，深怕將來有負期望，無從報答。

玩到三更天歇手，邀汪朝奉回家守歲；秋菱已預備了酒食在那裡，兩人對坐小酌，但見紅燭燁燁，蠟梅吐豔；秋菱穿著大紅裙子，寶藍棉襖，端然而坐，宛然莊重華貴的命婦。陶澍不由得感慨了。

「人生真不可逆料。」他說，「前年此夕，我那裡會想得到有今天這樣的日子。」

「這不過剛剛開端。」汪朝奉突然想起，脫口喊了出來：「啊，今天不是你的生日嗎？」

於是談起泥金捷報那日的光景，秋菱說道：「大家都說，雇更伕十路報喜，真比狀元遊街還威風。虧汪先生怎麼想來的？大概這也是汪先生平生最得意的事了！」

「是的。不過不算頂得意。頂得意的是，我要讓吳大戶心甘情願賞報喜的二百兩銀子。兩位沒有看到；吳大戶說了大話，成了僵局，我替他畫出道兒來讓他有個下場，那時候他對我的那分恭維，說實話，我真是得意。他有幾個臭錢，眼高於頂，驕態凌人；居然也會恭維我！兩位想，難得不難得？」

「當然難得。」陶澍答說：「不過，汪兄，你說他花二百兩銀子結交我，很值得。我倒是真的有點擔心；怕他將來有什麼包攬是非的事，要我替他到縣裡去說話，我是怎麼樣也不能做這種事的。」

「你放心好了！將來不會找你；他們父子自己就可以去見縣官。」汪朝奉問說：「莫非你們至親，你倒不知道？老楊帶了三千兩銀子進京，替小吳捐官去了。」

「喔，我不知道。」陶澍看著妻子問：「你呢？」

「我聽說了。不過我沒有打聽。」秋菱答說，「我在想，花錢捐來的官，總有點銅臭氣！」

「大嫂這話妙！」汪朝奉拍手笑道：「贓官、貪官、糊塗官之外，還有種官叫臭官。聽說，他要捐個三品道員；中了進士做的官，自然不及他。不過做文章做出來的官，書香撲鼻；臭官再大，何足為貴？」

「書香撲鼻可對銅臭滿身。但做了官如果貪贓，辜負書香。」陶澍正色說道：「汪兄，別的我不敢說；果真僥倖入仕，我這個官要做得始終是香的！」

「當然，當然！我也就是為了這一點，才願意力效棉薄。」汪朝奉舉杯說道：「承你陪我在這裡過年，盛情我領過了；初八動身的日子不要改了！你早到京裡，我早放心。」

原來本定正月初八動身，陶澍還想延後，多陪汪朝奉幾天。如今聽他這麼說，自然恭敬不如從命；決定初八啟程。

為了求快，陶澍是由陸路進京，由長沙一直往北，先到湖北漢陽；然後是河南開封，直隸清苑，到得京師，不須進崇文門，避免了稅吏勒索這一關，因為他要投的長沙會館，就在崇文門外草廠十條胡同。

草廠的胡同自頭條至十條，為會館集中之地，而且大部分是兩湖各郡的會館；草廠十條除長沙會館外，還有湘潭、湘鄉，跟湖北的京山會館。兩湖大同鄉，如果長沙會館因到京太遲而為他人捷足先得，還有湖北的會館可以借住。

長沙會館人滿為患，原在意中；出意料的是，恰好遇見楊毅，而且他將南歸，所占的一間屋子，正好讓給陶澍。

「長班，」楊毅很熱心，「你把陶老爺的行李搬到我屋子裡，另外跟你借一副鋪板；陶老爺暫時將就，跟我一屋住。」

楊毅還要將他睡的床相讓；陶澍當然堅決辭謝。略略安頓，時已黃昏；楊毅為邀他下館子小酌，作為接風。他鄉遇故，陶澍對他倒覺得比在家鄉親熱得多。

「雲汀兄，」他說，「我拜讀了鄉試的闈作，擲地有聲；今年春闈，一定聯捷，敬以預賀！」接著，舉杯相敬。

陶澍不作客套語，說聲：「謝謝！」跟他乾了杯，然後問道：「聽說楊兄是受舍親委託，到京有所謀幹，想來已經順利成功？」

「『火到豬頭爛，錢到公事辦。』只要把吏部的書辦應酬好了，捐官不是什麼大不了的事。」楊毅又說，「本來年前就可以回湖南的；只為令姻長，要做老封翁，請個誥封，弄錯了名字，以致耽擱到年外。」

「喔，」陶澍又問：「楊兄是第幾回到京。」

「我也是頭一回到京。不過三四個月住下來，也頭頭是道了。回頭喝完了，我帶你到胡同裡逛逛。或者，現在就叫個條子來看看。」

什麼逛胡同、叫條子，陶澍一竅不通，少不得要由楊毅來解說一番，方始恍然，是狎戲優伶，便敬謝不敏了。

「舟車勞頓，還沒有看花的興致。」他說，「倒是對琉璃廠嚮往已久，想請楊兄帶我去見識見識。」

「也好，也好！」楊毅很見機地，「琉璃廠確有些好書。」

「想來楊兄一定買得不少？」

「我買了些『秘笈』；雲汀兄是不屑一顧的。」楊毅又將話題拉回到陶澍的應試上面，「閣下的文章，是綽綽有餘；不過『大卷子』上，我奉勸要多下工夫，不然殿試會吃虧。」

「會試還不知怎麼樣呢？那裡就說得到殿試！」

「不然！凡事豫則立；不趁這時候下工夫，等會試一發了榜，臨時抱佛腳就來不及了。我知道琉璃廠有一家南紙店，調的墨漿極好；寫出字來，黑大光圓，冠冕堂皇，真正是館閣氣象。」

他說得很俗氣，但畢竟是一番好意；陶澍自是殷殷致謝。

「雲汀兄，你即或不中鼎甲，也會點庶吉士。」楊毅緊接著說，「中鼎甲不必說，狀元授職修撰；榜眼、探花授職編修，而且下一科鄉試，馬上就會放主考。如果點了庶吉士，勢必要舉債度日，是不是呢？」

當然是。長安居，大不易！翰林院是清貴衙門，不可能有甚麼「外快」，所以「窮翰林」是叫出了名的。除非文名特高，自有人將諛墓之金送上門來，否則就只有舉債。

京裡原有這麼一種風氣，專門有人借錢給翰林；它的規矩與一般債務不同，因而特為標舉其名，叫做「京債」。不同之處在還「京債」沒有一定的日子，平常一直可以借，逢年過節更可以借；但一到放了主考，回京覆命之日，便是還債之期，因為一趟主考當下來，新科舉人謁見「座師」，贄敬起碼八兩銀子，富室豪門的子弟，送一千、八百也是常事。如果放的是廣東主考，由於有「闈姓票」這種賭博，主考只要稍為賣賣人情，中它幾個僻姓的舉子，撈個十萬八萬也不足為奇的事。

這些情形，陶澍當然知道；他想了一下說：「如果僥倖中了，我倒希望『榜下即用』去當知縣。雖說風塵俗吏，到底私不必舉債；公可以做事。」

「是！『百里侯』的局面雖小，倒是確確實實可以發抒抱負，我也很贊成。不過，以雲汀兄你的才華，必成大器；朝廷總要栽培你的。一旦金馬玉堂，翱步木天，個人的生計，總也要打算打算。」

「是的！多承關切；我倒一時還想不到此，只有到時候再說。」

「我倒有個主意，你看看使得使不得？」楊毅很誠懇地說：「舉債是一定要舉的。舉京債不如舉私債；尤其是至親的私債，利息極低，期限亦長，真的還不起了，無非欠個人情。這樣，你才可以一心鑽研經世致用之學，何樂不為？」

陶澍一聽就明白了，楊毅是勸他向吳家舉債。這件事絕對辦不到；不過楊毅替他們拉攏，說起來也是一番好意；縱或不願，亦不便峻拒，免得傷了感情。

於是，他說：「楊兄盛意，不勝心感。請容我考慮了再奉覆。」

「好！你不妨多多考慮。」楊毅也很見機，知道此事強求不來；他們至親間的芥蒂，只有慢慢化解。

會試的主考官，一正三副，合稱為「四總裁」。這年的正考官是禮部尚書紀昀；剛過了八十「賜壽」，又奉派主持會試，入闈以後，向另外三總裁問道：「本朝有沒有八十歲的考官？」

另外三總裁是都御史熊枚、內閣學士玉麟、戴均元，異口同聲地答道：「沒有。」

「我看不但本朝沒有；前朝也只有八十歲的老童生，沒有八十歲的考官。」紀昀拱拱手說：「務請諸公，格外費心；這一榜勿使真才實學有抱屈之感。不然，有人會說：『皇上怎麼點一個老眼昏花的考官？豈不上累知人之明。』」

抬出皇帝，大家自是肅然凜然，個個保證，用心衡文；紀昀才得意地笑了。

「老前輩，有件事晚生不解。」玉麟問道：「以老前輩得君之專、腹笥之寬、享壽之高，五十年下來，起碼也應該主考個七八回；何以乾隆二十四年一典山西鄉試，直到四十九年，才入春闈？」

「乾隆四十九年那年，我六十二，自以為可以熬得過去了，誰知道還是不行。就是嘉慶元年入闈，也還有點不自在；這一回，可真是心如止水，不礙的了！」

玉麟還想再問，戴均元悄悄拉了他一把，示意勿再多言。原來紀昀生具異稟，倘或孤陽獨亢，虛火上升，眼睛都會發紅；入闈鎖院，孤棲一個月之久，如何使得？他這個「毛病」是連先帝都知道的；所以在他壯年，從不派他試差。到得乾隆四十九年，年已六十有二，想想他血氣已衰，不至於非婦人荐寢不可，才又派了他一回考官，那知仍是讓他大受其罪。由於玉麟是旗人，與漢大臣不甚接近，對這些情形並不明瞭，以至於覺得他的話不可解了。

「這一次我入闈，是出於皇上的特恩；想我收幾個好門生，身後也有個照應。因為如此，我不能不格外盡心，庶幾不負。只是年紀不饒人，到底力不從心了；只望諸公能替我留心。」

即因紀昀一再叮囑，兩旁十八房同考，無不戰戰兢兢，閱卷不敢馬虎。堂上四總裁，還不到忙的時候；都陪著紀昀閒談，聽他談狀元的掌故。

「本朝得狀元最奇的是，蘇州張西峰；此君家貧力學，本來在乾隆二十八年春闈，已經獲雋；那知到寫榜時，忽然發現，策論程式——。」

試卷有一定的格式，謂之「程式」；程式不合，再好的卷子亦不能中。其時金榜的名次已經排定，中間抽去一名，如果重新排過，則是牽一髮而動全身，極其費事，所以歷來的規矩，是在已經黜落的卷子中，抽一本替補。

那一次抽來代替張西峰——張書勳字西峰——的卷子的，是江蘇嘉定的秦大士；殿試竟得大魁天下。以落卷而中狀元，已是一奇；卻不道張書勳的狀元中得更奇。

下一科是乾隆三十一年丙戌；那一年闈中失火，燒了一部分卷子，張書勳的試卷，亦在其內。禮部具奏，凡卷子被焚者，得以補試；且為防弊起見，請皇帝親自命題。奉旨照准。

張書勳心想上一科已中而臨時生變；這一科偏偏又會燒掉卷子，補試又多吃一番辛苦。連年運蹇，看樣子是不會中了；母老家貧，不如以三科未中舉人的資格，去就了「大挑」；挑中知縣，已經在吏部領到憑照，定好車輛，定期南歸。那知出京的前一日，會試發榜，榜上有名；自然留下來再應殿試，居然跟秦大士一樣，由泥塗直上青雲。以知縣而中狀元，可稱奇遇。

「得而復失，失而復得；雖云人事，實由天命。」紀昀說道：「我再談一段掌故；那是我典試山西的第二年，寅辰——。」

寅辰是乾隆二十五年。這一科的狀元畢沅，本是軍機章京；與他一起參加會試的同事有兩個，一個叫諸重光，一個叫童鳳三。會試發榜的前一天，正在西苑值班；諸重光表示，這天的夜班，只有偏勞畢沅一個了；他跟童鳳三要早早回家，好好休息，養精蓄銳去應殿試。

莫非畢沅就一定落第，不能參加殿試？不是的；諸重光另有解釋：殿試最重書法，他跟童鳳三的字寫得不壞，如果會試中式，殿試有鼎甲之望；畢沅的書法中下，絕不會列入進呈御覽的前十本之內，亦就絕無一甲之望。

說完，諸重光亦不徵求畢沅同意，跟童鳳三揚長而去。畢沅只有獨對孤燈，一個人料理公事。到得黃昏，發下來一道奏摺，交給軍機大臣商議回奏。這道奏摺是陝甘總督黃廷桂；當時西域剛剛平定，黃廷桂建議在新疆舉辦屯田。長夜無事，畢沅便取來看，覺得廷桂的主張很有道理。先是排遣寂寞，後來變成發生興趣，讀得格外仔細，亦深有心得。

殿試照例只試策論。由「讀卷大臣」合擬策題六道或八道，御筆圈定四道；其中有一道就是問新疆屯田，畢沅當然洋洋灑灑，大談特談。

此外，有一道關於經學的策論，他亦對得很好。所以書法雖劣，仍能列入前十本，名次是第四；如果皇帝不動的話，他就是二甲第一名傳臚。至於第一本，不是別人，正是諸重光；讀卷大臣大都是軍機大臣，看慣了諸重光的筆跡，入眼即知，有心助他去奪個狀頭。

那知皇帝一看十本卷子，惟有畢沅論屯田，頭頭是道；認為是經濟長才，將來必成大器，拔置第一。

「報施之巧有如此！」紀昀是最喜歡談因果報應的，「如果諸桐嶼不是師心自用，看重職守，那天一起在西苑入值，不是品茗閒談，就是一杯在手；畢湘衡不會去看枯澀無味的奏摺，他那個狀元不是穩穩到手了。」他緊接著說，「無獨有偶，得而復失是下一科的趙雲崧，真是巧不可階——。」

趙翼也是多年的軍機章京；深得孝賢純皇后胞弟，軍機大臣上領班傅恆的器重。他亦是志在掄元的；上年正科，由於諸重光早有奪魁之想，有意讓他一籌。這年辛巳恩科會試，他自是當仁不讓了。

那知會試的考官都已入闈了，忽然出了一樁冤獄。有御史叫眭朝棟，在會試以前上了一個奏摺，建議仿明朝的成例，考官子弟應試而以父兄入闈須迴避者，請別派考官主試。乾隆皇帝以絕頂聰明自負，最痛恨臣下取巧，以為他可以愚弄；所以看到眭朝棟的奏摺，便起了疑心，特意點他為同考官，同時下了一道上諭，自總裁至同考官，凡有子弟應試，須迴避者，列單進呈。皇帝是以為眭朝棟或有子弟應會試，而顧慮到他自己會被派入闈，所以預作此奏，為他的子弟求出路。

那知名單一送上來，眭朝棟並無子弟應本科會試，倒是總裁劉統勳、于敏中的親屬中，應該迴避的很多。這一來，皇帝更疑心了。

原來皇帝在奉太后西巡五台山以前，曾經密諭劉統勳、于敏中主持本科會試。他疑心劉、于將此消息洩漏了出去；而本為軍機章京考取御史的眭朝棟，知道劉、于兩家近親子弟，本科應入春闈的很多，故意上這麼一個奏摺，討好重臣。

因此，下了一道硃諭，將眭朝棟交刑部議罪。這是一個冤獄，但劉統勳與于敏中為了避嫌疑，不敢為他討情；更不敢為他洗刷，這一來就好像更坐實了眭朝棟有意討好重臣；刑部便以「結交近侍例」論罪。這一款罪名是死罪。

這條大新聞震動了朝野；有人指出，殿試由於只糊名，不易書，讀卷大臣可以憑筆路識人，因而軍機章京，占盡便宜。事實上也確有這樣的情形；所以軍機大臣相戒，這一次殿試，千萬大意不得。

會試榜發，趙翼榜上有名；傅恆便跟他說：「雲崧，算了！你不必再希望點元了。如果派我讀卷，我就不會把你的卷子，列入前十本。」

趙翼心想，多年苦心在書法上下工夫，就是為了爭這一日之短長；無端放棄，如何心甘？想來想去，決定還是要奪魁！

原來趙翼在書法上的工力甚深；除了一筆漂亮的蘇字以外，還能作瘦硬通神的「率更體」。決定變易書法，瞞讀卷大臣的耳目。

殿試的日期，例定四月廿六；從這年起提前五天、改為四月廿一。奉太后巡幸五台山的皇帝，及時回蹕；在四月二十那天，硃筆派出九員讀卷官，最負清望、號稱「南北二劉」的軍機大臣劉統勳、劉綸，自都在內。出人意表的是，平定西域，立了大功，榮封一等武毅謀勇公，以戶部尚書入直軍機的兆惠，對漢文真所謂「略識之無」，居然也奉派為讀卷大臣之一。

兆惠倒頗有自知之明；面奏不堪當此衡文之任。皇帝說：「不要緊！你只看卷子上那種記號多，你就依樣畫葫蘆了。」

於是兆惠去請教軍機處同事，知道評閱殿試卷子，共分五等，以圈、角、點、槓、叉作記號；隨即緊記在心。

到了金殿對策之日，皇帝親臨保和殿受禮；面諭軍機領班，閱卷不必分給兆惠；最後「轉桌」時再讓他看。原來殿試「讀卷」的規矩，先將卷子平均分給多少位讀卷官初評；評完放在原處，然後到別桌去看他人初評好了的卷子，其名謂之「轉桌」。兆惠既看不懂漢文，何能讓他初評？就是「轉桌」，也要捱到最後，才能看出那種記號最多，以便照畫。

轉桌費了三天工夫，要商量定前十本進呈了。劉綸便跟劉統勳說，趙翼的卷子絕不能列入前十本，萬一中了鼎甲，又惹人猜疑。劉統勳深以為然，兩人便重破工夫，細看全部卷子；不是看文章是看字。

二百一十七本卷子看完，找不到趙翼的筆跡；劉綸憂心忡忡地說：「壞了！我看這本唯一九個圈的卷子，恐怕是趙雲崧的。」

劉統勳細看了一回笑道：「趙雲崧的字，燒了灰亦認得出來。絕不是的。」

「可是，趙雲崧的卷子那裡去了呢？」劉綸說，「我看他的書法一定變體了。」

聽這一說，劉統勳再細讀這本應該定為第一的卷子，判斷絕不是趙翼所作；他的理由是，趙翼為文的風格，汪洋恣肆，有時不免離題；但此作嚴謹，文氣不似。劉綸覺得這話雖然有道理，但並不能解釋趙翼的卷子，何以「失蹤」的緣故；只好將信將疑地，照劉統勳所定的名次送了上去。

拆開彌封一看，九圈一卷，果然是趙翼，中了狀元；二劉大吃一驚，心裡在想，怕又要大受輿論攻擊了。

原來平定回疆後，皇帝為了看重西陲；同時表示偃武修文，安撫邊疆的意思，打算將第三名的王杰，與第一名的趙翼對調。當即詢問左右，開國以來，陝西可曾出過狀元？

那時的陝西，不但沒有出過狀元，連鼎甲都沒有出過。於是皇帝說：「趙翼的文字是好的，不過江浙狀元出得多，無足為奇；陝西從未有過。如今在西征奏凱之後；而且王杰的卷子已到了第三，就給他一個狀元，亦不為過。」

就這樣，趙翼的狀元，無端變了探花，事後皇帝賦詩：「西人魁榜西平後，可識天心偃武時」。大家才知道，王杰的這個狀元是「時勢英雄」。

三場已畢，陶澍住在會館裡等候發榜。大家都在寫「大卷子」，因為殿試卷的書法，頗關重要；陶澍卻只是偶爾練練字，大部分的工夫是讀書；即使出遊，足跡亦總在琉璃廠這一帶。

快要發榜了，接到汪朝奉來的一封信，說是秋菱的意思，殿試以後，如果點了翰林，或者分發到六部去當主事，不妨就留在京裡，不必回湖南；倘或「榜下即用」，放出去當縣官，最好也是先去到任，再接家眷。

顯然的，秋菱曾請教過人；否則，對於兩榜出身後，入仕的三條途徑，不會弄得清楚。只是不論那一條途徑，都不要他回湖南，這又是為了甚麼？

直到最後，汪朝奉才說明原因，他亦建議他進士及第後，留京為宜；因為吳家父子正因為田上的出路及水道在鬧糾紛；彼此相持不下與對方的衝突有擴大之勢。陶澍此時以新貴的身分還鄉，吳家會來託人情，請他向縣官關說；對方亦已有所防備，打算在陶澍衣錦還鄉時，由他們的族長領頭，到十里長亭去盛大歡迎。放了這個交情之後，就會來請他主持公道。陶澍犯不著捲入這個漩渦，免得左右為難；甚至影響了他的前程。

他也附帶提到，秋菱對於他的看法，深表贊成；而且她認為即使沒有這場糾紛，陶澍也不宜回安化，因為秋闈春闈聯捷，過分得意，會有人覺得刺激。

這個感受到刺激的人是誰呢？陶澍在想，會不會是巧筠？心裡存著這個疑團，卻不便在覆信中問；只說，他決定接受勸告。同時表示，倘或落第，仍舊願在揚州找一個館地；那時沿南下的官道，經山東、徐州，直奔淮揚，希望汪朝奉替他安排。

四月初八發榜，湖南中了八名；陶澍是其中之一。報喜發賞自有會館執事替他料理；接下來第一件大事是去拜老師。當然是由紀昀開始。

門生帖子連兩個紅包，大的一個二十四兩是贄敬；小的一個四兩是門包，一起交到門房手裡，很快地便有回話：「請到花廳見！」

會館的長班，臨時權充「執帖家人」；在花廳中鋪好紅氈條，陶澍恭恭敬敬地磕完了頭，站起身來才看清楚，一位鬚眉皆白，臉紅如火，身材魁偉的老者，斜靠在炕床上，口中啣著煙袋，那煙鍋碩大無朋；辛辣的關東煙葉子的氛霧，彷彿在炕床上面罩住了一層祥雲。陶澍心想，老師怪不得有個「紀大煙袋」的外號，名副其實。

「請坐！」紀昀看著門生帖子問：「老弟是單名？」

「是。」

「何以命名為澍淵水澍？」

「因為門生五行缺水。」

「如果缺木，不就該叫『桃樹』了嗎？」

陶澍也聽說過，紀昀性好詼諧，愛跟門生開玩笑；只能陪笑答一聲：「是！」

「雨潤萬物名曰澍。老弟不可妄自菲薄，有負尊公命名期望之意。」

一聽提到父親；陶澍趕緊站起身來答說：「門生亦不敢有負老師的栽培。」

紀昀善於詞令，應對敏捷，聽他答得很得體，便又增了幾分好感，問他看些甚麼書。陶澍所答的大部分都是經世致用的典籍，不由得更刮目相看了。

「雲汀！」他的稱呼也改了：「盍言爾志！」

這一問，恰好搔著他的癢處；不過，到底初次謁師，有一句話必得聲明，或者說是請示在先：

「老師，可許小子狂言？」

「只要有成就，雖狂何妨？青蓮自道：『我本楚狂人』，後世不以青蓮為狂；倘或草木同腐，縱欲留狂人之名，又豈可得！」

「是！」陶澍內心頗為感奮，亦大有警惕，初謁師門，即以身後之名相勗；可知期許遠大，因為如此，他倒不大敢發狂言了，「先帝武功文治，雖不及聖祖仁皇帝，但亦超邁今古，無與抗手。不過，六次南巡，微覺不恤民力；揚州自古繁華之地，大駕所經，地方大吏責成鹽官鹽商辦差；供張窮奢極侈，以致鹽法大壞，官民交困，而鹽商依舊坐享鉅利。天下不公不平之事，無逾於此！門生不才，竊有志於改革鹽務，附帶整頓漕運。但今上如仍效南巡故事，那，那就一切——。」

他雖沒有說下去；但可想而知，最後必是「一切都落空了」。紀昀聽他的話，先是猛吸煙袋；聽到一半，將煙袋放下，正容危坐，兩手按在膝上，向前傾聽。聽完，不斷點頭。

「大志可嘉，大志可嘉！雲汀，你能留意於此，我很高興。」紀昀招招手，「雲汀，你請坐這面來！」

他所說的這一面是炕床的另一面，與老師平起平坐未免太僭越了；所以陶澍自己搬張骨牌凳，坐在紀昀側面。

「你剛才提到南巡，我告訴你一件事，你記著『多言賈禍』這句話。」紀昀放低了聲音說，「內禪以後，先帝有一天召老臣侍宴；酒次有所密諭——。」

據紀昀說，乾隆自道一生無一日不以蒼生為念，所作所為，可以上質天日。唯有南巡一事，晚年深為愧悔；嗣君仁孝，必能親民愛物。倘或有南巡之舉，諸老臣當切實奏諫。倘有必要，不妨舉此日之言為證。

「老夫耄矣！」紀昀又說：「方今川楚教匪，初告平定；皇上與民休息，一時決無巡幸、土木、祀祭之事。所以我亦不致會有及身切諫之事。倘或多少年以後，老臣皆已凋謝，而皇上有巡幸之詔；你當記住我今天的話，不等詔令下頒，及時而諫。雲汀，這是我以國事相託，亦是以後事為託。你能答應我嗎？」

陶澍想不到他對第一次見面的門生，竟付以這樣的重任，想到老師以此相託，意味著他必能入軍機，或者入閣拜相，才會具有「不等詔令下頒，及時而諫」的資格。期許如此，怎不令人感激涕零？因此，陶澍急忙離座，雙膝跪下，激動地答說：「門生謹記在心。絕不負國負師！」

「好！我信得過你。」紀昀扶一扶他的手臂，讓他起身坐下，才又說道：「我雖沒有當過外官；兩淮鹽務，我頗有所知。你知道的，我的親家是誰？」

紀昀對鹽務相當熟悉的原因是，他的兒女親家盧見曾久任兩淮鹽運使——盧見曾字雅雨，山東德州人，為人風雅好客；兩淮鹽運使又是個有名的肥缺，所以廣招四方名士，文酒之會，幾無虛日。因此鬧了很大的一個虧空，朝廷決定籍沒他的財產，抵補虧欠的公款。

當時紀昀以侍讀學士，在南書房當差；所謂「南書房翰林」是真正的文學侍從之臣，日侍天顏，常能與聞機密；得知這個消息，便派名心腹聽差，星夜趕到揚州去通風報信。信是空函，裡面只裝了少許茶葉；封口的漿糊上卻加了鹽粒。盧見曾稍一思索，便得其解，是鹽案虧空，將要徹查。於是趕緊將家私分散，寄存他處。

到得抄家時，所餘無幾；當權的軍機大臣和珅，偵查到了這個內幕，面奏皇帝，於是紀昀被召來詢問，他極力分辯，並無一字洩漏。

「人證確鑿，你何能抵賴？」皇帝說道：「我只問你，是用甚麼法子把消息傳過去的？」

紀昀無奈，只得說了實話；摘下帽子，磕頭請罪，說是：「皇上嚴於執法，合乎天理之大公，微臣惓惓私忱，猶蹈人倫陋習。」

就因為這兩句話，措詞得體；皇上從輕發落，由死罪變為革職充軍。在烏魯木齊住了不到兩年，赦罪回京，授職編修，仍舊入值南書房，不久就升了官，主修四庫全書。

這一段故事，知道的人很多，紀昀自己亦並不忌諱。他將盧見曾如何好客；鹽商如何投其所好；又如何挾制鹽官，種種得自他的親家所口述的兩淮鹽務積弊，為陶澍足足談了一個時辰。

「你學有根柢，書法亦在中上，殿試或有鼎甲之望；即令在二甲，十之八九亦會點庶吉士。翰林院儲才養望之地，能不能成大器，只看你自己如何？如果只想混個翰林資格，自不必談；倘或有一番抱負要想發抒，在這三年之中，你不可念死書，要多留心政事；尤其要識大體。」

「是！」陶澍心悅誠服地答說：「不論能不能入館選，門生一定會記著老師的訓誨。」

殿試發榜，三鼎甲都是江蘇人。狀元叫吳廷琛，恰好就是紀昀親自取中的會元。這正也證明了他主持的本科會試，相當成功；所以紀昀非常高興。

陶澍名次也很高，二甲第十五名；算是湖南新科進士中的魁首。

殿試揭曉，熱鬧的只是三鼎甲；這一科的狀元、榜眼、探花，都出在江蘇，所以江蘇會館，門庭如市。至於其他「賜進士出身」的二甲，及「賜同進士出身」的三甲，幾乎可說無榮無辱，因為會試中式，已注定是一名進士；至於「出仕」——入翰林，做司官，或者外放，還須經過一次朝考，才能定奪，是憂是樂，言之尚早。

話雖如此，各人的際遇，大致已可看出端倪；尤其是有真才實學的新科進士，最關心的能不能點庶吉士，是可以算得出來的。因為會試以後有覆試；然後是殿試，最後為朝考；四次考試的等第加起來，筆畫越少，入翰林的希望越濃。陶澍在會試、覆試的等第都很高；殿試復在二甲；即令朝考名次稍後，仍舊可以彌補得過來。

「點翰林是一定的了。」會館中新來一個名叫梁五的長班，向陶澍說：「陶老爺，點了翰林，是不是先請假回湖南？」

點了庶吉士，就算做了官；但照例可以請假回鄉。陶澍已經打定主意，搖搖頭說：「不管點翰林也好；分部也好，我都不回去。」

「那末要接寶眷？」

「這也言之過早。」陶澍反問一句：「你問這些幹甚麼？」

「我是想替陶老爺效勞。」梁五答說，「等朝考過後，還有大筆錢要花；不知道陶老爺有預備沒有？」

「略有預備。」

「那末以後呢？」梁五說道：「做京官的開銷大得很。」

「我知道。只有儘量節省。」

「再省，一年也得貼一千銀子；三年散館，就是三千。陶老爺，你總聽說過，當翰林都是借債度日——」。

「我知道。」陶澍已經明白他的意思了，「你是不是有『放京債』的路子？」

「是！」梁五陪笑說道：「陶老爺就照顧小的吧。」

「言重，言重！是我要請你照顧。」陶澍緊接著說：「不過，我要打聽打聽行情；倘或利息太高，我寧願不借。」

不借？梁五心裡在想，憑何度日。不過，這話不便在口中說出來。

他雖不說，陶澍也看得出來；而且自覺話也說得太硬了些，便笑笑又說：「京債大概免不了要借。老梁，我不借京債則已；要借一定請你幫忙。」

雖然話不投機，不過陶澍卻被提醒了，朝考榜發，便是入仕之始；看樣子，點翰林已成定局，到底應不應該接眷，今後的生計如何維持？到了非要籌畫不可的時候了。

這當然要請教同鄉京官。有人勸他慎重，道是「長安居、大不易」，單身可以住會館，一切皆省；接了家眷，便須自立門戶，大小要有個排場，到得維持不下去的時候，「先裁車馬後裁人，裁到師門二兩銀」，連一年三節起碼應該送老師的二兩節敬都無著落時，就悔之已晚了。

看了好幾個人都是這麼說，唯有他的一個同年獨持異論；此人名叫朱士彥，字詠齋，江蘇寶應人，本科的探花。陶澍是在會試以前，跟他在琉璃廠二酉堂書鋪中，邂逅而成莫逆。朱士彥比他大好幾歲；為人老成誠懇，陶澍視之為兄長，幾次把杯深談，彼此很深知對方的家世。

「雲汀，你說這件事你問過好幾個人，眾口一詞，勸你暫且不必接眷；既然如此，何以又來問我？」

「說實話，我是要取決於老兄。」陶澍答說，「接眷誠然無力；不接內人來京，又似乎於心不安。」

朱士彥聽到最後一句話，深深點頭，「你是這麼在想，自然要行心之所安。」朱士彥說，「你的情形與他人不同，非接不可。第二、既已入仕，朝廷自有祿米；如果仍舊讓好朋友為你贍家，情理上太說不過去。」

「是，是！我不能再累好朋友了。」

「累朋友還在其次；最要緊的，你不可讓嫂夫人失望。她所指望的就是你有金榜題名的一天；到了這一天，如果她的日子依然如昔，除了多一個『官太太』的頭銜以外，甚麼都沒有改變，你想，她心裡是甚麼滋味？」

聽這一說，陶澍滿心不安，連連答說：「不錯，不錯！我應該想到這一層。」

「你不但應該想到這一層；還應該想到有人會疑心你，不肯接眷的原因，並非力所未逮；而是一旦春風得意別營金屋，置糟糠之妻於不顧——。」

「啊，啊！」陶澍真如芒刺在背了。「我一定接，而且馬上要接！」

「請稍安毋躁。」朱士彥看他從善如流，越發要替他盡心策畫，「做京官，舉京債是免不了的。好得嫂夫人賢惠，又能刻苦；即令『長安居』亦非『大不易』，四、五年以後，得一次考差，如果不是派到過於貧瘠的省分，差滿回京，必可了清債務。至於目前，雲汀，我可以幫你的忙。」

「不，不！朱大哥！」陶澍答說：「我知道你的家累重，境況也不見得佳。」

「不錯！不過我比你便宜點的是『探花』二字。」

原來朱家在寶應是大族，宗祠有很大一筆祭產；中舉、中進士、榮宗耀祖，由祭產中撥款相贈。中了鼎甲，更是了不得的一件大事，贈款甚豐。

除此以外，宗族鄉黨，另有餽贈；朱士彥估計等朝考過後，探花照例授職編修，拜了老師，請假回鄉，總有三、五千銀子的收入。而且鼎甲往往在第二年，或者第三年就會派考差，不是外省鄉試的主考，就是順天鄉試的同考，絕不會落空。所以他做京官，不但不必舉京債，而且會很寬裕。

至於他幫陶澍的忙，當然是錢上幫忙，但非直接出自私囊，而是替他找些名正言順的「外快」。有錢而好排場的人家，很看重鼎甲的銜頭，紅白喜事都以能請到三鼎甲來襄助為榮，喜慶壽誕，請來「支賓」；若是喪事，便是「題主」——喪家立木主時，「神位」的「位」字中，缺著「立」字上的一點；到得「成主」時，請人用孝子手指上刺出來的血，和墨補加「立」字上的一點，稱為「題主」，或稱「點主」。

題主當然要請文官；官大在其次，最要緊的是請到鼎甲，要三個人，一主二襄，都能請到狀元，自然是難得的盛舉；或者「主題」請狀元，另請榜眼、探花各一作「襄題」，也就很名貴了。不過，所請的鼎甲，要不曾做過刑部尚書或者按察使的；因為名字出現在他們的那枝筆下，絕無好事。

朱士彥自從中了探花，已為人請去做過「襄題」，得了四十兩銀子一個紅包。這自然是無法能讓他人享受的「特權」；但有些「外快」卻可以情讓給陶澍。

「我現在手裡有三篇壽序、一篇墓誌銘要做，都是琉璃廠書坊來求的；不是看重我的文章，是為了探花這個銜頭。你分兩篇去做；潤筆自然歸你。」朱士彥又說，「其中有一家是貴同宗；做九十歲，指明要四六，你把陶家的典故搬些上去，一定做得典裔堂皇。此公少有微行，殊難自白；你如果能替他開脫兩句，我叫他家送你一吊銀子。」

一吊就是一千；有一千兩銀子，賃房子、置家具、接眷的盤纏，全都有了。陶澍頓時愁懷大寬；深深致謝以後，帶去一本《陶公事略》，預備連夜動起手來。

「日子還早，不忙。」朱士彥特加忠告，「無論如何，你要過朝考這一關；我們以後才有朝夕相聚的日子。」

這意思是，陶澍如果不能入翰林，甚至還不是分部而是外放，那就不知道甚麼時候才能聚首？雖然盤算下來，一名庶吉士絕不至於落空，但感於良朋盛意，還是聽從勸告，暫且擱置應酬文字，好好用了一番功。

朝考考一篇論、一道奏疏、一首五言八韻的試帖詩。論是論如何澄清吏治；奏疏題目是兵燹以後如何撫緝流亡、休養生息。這都是陶澍平時在留心的時務，稍為整理整理思緒，即可下筆；從從容容寫完了，仔細檢點一遍，有一處筆誤，隨即從卷袋中，取出一套琉璃廠買來的工具，仔細挖補好了，自覺天衣無縫，便放心大膽地去交了卷。

到得第三天便有人來報喜，陶澍果然點了庶吉士。這一下，心思踏實了，將那本《陶公事略》仔細看完，開始動筆；花了整整一天，方始脫稿。是一篇如朱士彥所要求的典裔堂皇的四六。送去以後，朱士彥亦頗滿意；先墊了二百兩銀子，讓陶澍可以早早去找房子。

找房子並不難。外省京官，大都住在宣武門外，所謂「宣南朝士」；逢會試之年，也是前科庶吉士教習期滿，舉行「散館」試的時候，一等自然「留館」，如果是二甲，授職編修；三甲授職檢討。二等就不一定能再當翰林；三等則大都外放，離京空出來的房子，便可輾轉相介，有時甚至連家具都是現成的，不必另置。

陶澍的京寓，就是由一個同鄉介紹的；原來的房客放了「學政」，不回鄉直接上任，家具及動用什物自然不必帶去，半賣半送讓了給陶澍。其時那筆潤筆已經送到；接眷的錢是有了，能去接秋菱的人卻成了難題。

「只有這樣！」朱士彥聽他談起，為他籌畫，「我請假回籍，秋天回來。令友汪君不是說要先到揚州，再回徽州？不如託他將嫂夫人護送到揚州，我去接了來，跟內人作伴，一起進京。年兄以為如何？」

順理成章的事，如何不好？不過，這一陣子他想念秋菱想得很厲害；看來漫漫長夏，還要忍受相思之苦。

他不但想念秋菱，也想到巧筠；可是此念一動，立即內疚神明，覺得這是辜負了妻子。因而極力排斥這個念頭，可是巧筠的髮光眼波，不時閃現，使得他非常煩惱；只有盡量去想到岳母——唯有想到應該報岳母之恩這一念；內心激動時，才能讓他遠逐巧筠的影子。

他在想，岳母為他受了許多委屈，一定要讓別人心悅誠服地佩服她擇婿的眼光，才能補報得了所受的委屈。但是，生前的孝順奉養，畢竟有限；要使得她百年以後，猶能風光，才是最好的報答。妻以夫貴；母以子貴。岳父並無一官半職，岳母無從受封；自己沒有內兄內弟，岳母亦不能因子服官而封贈。為岳父捐個七品官兒，岳母固可請封為「孺人」，但花錢買來的榮耀，縱有光采，畢竟有限。

陶澍在想，能夠有貤封姻親的制度就好了。做官人家，承繼是常事；本生父母，可由本身的官職封贈，承繼的父母，可以本身妻室的封典貤封。如果姻親亦可貤封，將來可移秋菱的封典。秋菱只要有了兒子，而且兒子爭氣，她亦不愁沒有封典。

就這樣海闊天空地想著，算是忘掉了巧筠；但偏偏秋菱的信中要提到她的「姊姊」。

信是秋菱自己寫的。她本來識得些字，嫁了陶澍，耳濡目染，文墨漸親，執經問字，又添了些墨水；這一次信來，似乎又長進了些，所以信上雖有白字，但文理卻還通順。

除了敘家事，報平安以外，也提到吳家，說是吳良父子到底跟人鬧了很不小的糾紛；雙方率眾群毆，吳少良不幸受傷嘔血，病勢沉重。巧筠過的是日夕以淚洗面的日子。

於是，這一夜的陶澍，先是失眠，後來是亂夢顛倒，巧筠那種梨花帶雨，令人心酸的形象，幾次出現在他夢中，最後一次是她哭泣著向陶澍懺悔，希望她跟秋菱能如娥皇女英之事舜一樣，讓她能回到他身邊。

一驚而醒，陶澍冷汗淋漓；他不僅是內疚，而且是恐懼，彷彿犯了一行大罪似地。怎麼會有這樣的夢？他在想，境由心造，總是方寸心田中有個深藏不露的巧筠的影子，才會有這種既是春夢又是噩夢幻境。他真害怕自己管束不住自己，有一天會做出對不起秋菱的事來。

原來自道灑脫，其實有一縷似斷還續的情絲，繫在巧筠身上！這可真非提慧劍不可了！

於是，他起床挑燈，給秋菱寫了一封回信，絕口不提巧筠與吳家，只說應該安慰岳母；另外寄上一百兩銀子，是專門孝敬岳母的甘旨。至於如何接她到京，有汪朝奉會跟她細談。

另一封給汪朝奉的信，就是細談朱士彥的計畫。拜託汪朝奉帶秋菱到揚州，如能送到寶應，更為感激。至於川資，他將為陶家作壽序之事，告訴了汪朝奉；等潤筆收到了，立即轉寄；請汪朝奉不必再為此費心。關於以前所借的款子，與汪朝奉為他代墊的費用；只要他境況稍佳，一定陸續撥還。

最後談到吳家的事，他隱瞞了自己的心情，故意表示對秋菱不滿，他說他沒有理由分擔巧筠跟吳家的不幸；當然巧筠悔婚，岳母相勸不聽，恩盡義絕，他傷心之極，早就視同陌路。希望汪朝奉能告訴秋菱，從此以後不要再提巧筠隻字；至於吳家父子，武斷鄉曲，他亦恥有這門姻親。

這封信寫得有傷忠厚，他心裡也很難過；但是，他自己知道，非如此不能斬斷那一縷裊娜情絲。信是發出了，卻有好幾天的心境不平靜；直到半個月以後，生活才能恢復正常。

悔然

秋菱由朱士彥順便送到京城了。夫婦長敘相思，她談到家鄉的種種情形；但很小心地避免談到巧筠與吳家。

日子過得很平靜；三年散館，陶澍留館，授職編修，請假回安化去掃墓，順便秋菱去省親。岳父酒癖日深；岳母也老了許多，提到巧筠，涕淚漣漣。陶澍只用一句話去安慰：「你老人家還有女兒，還有女婿。」

似乎是秋菱的告誡；也許是三年以來，大家早都知道，陶澍已不認吳家這門姻親，所以沒有人在他面前提過吳良父子。可是預備大宴親朋時，開名單發帖，卻成了難題。吳家要不要請？想來想去，得跟秋菱商量。

「三年至今，我從沒有提過一個字；今天你問到我，我可要說一句了！」秋菱斬釘截鐵地說：「一定要請。」

「好！我聽你。」

「可是，我告訴你，姊姊不會來。」結果，不但巧筠未來，吳良父子亦未應邀。這門親戚就此斷了；對陶澍來說，反倒是一件好事。

十七年京官，做了十二年的翰林、五年的御史，在嘉慶二十四年，陶澍終於外放為四川川東道；第二年又一躍而為山西按察使，這是所謂「監司大員」，升巡撫是必然之事，不過遲早而已。

到任不久，便遇國喪；嘉慶皇帝崩於熱河，遺詔以皇次子接位，改元道光。這位嗣君，自從嘉慶十八年「林清之變」，在養心殿以鳥槍擊斃勾結內監，侵犯宮禁的教匪以後，大家就知道將來的皇位非他莫屬。許多憂心國事，認為吏治日壞，非痛加整頓的有志之士，包括陶澍在內，都對他寄以極高的期望；因為他不尚虛文，注重實際，起居簡樸儉約，將來即位後，一定是能為蒼生造福的好皇帝。

果然，嗣君一接了位，便如當年雍正那樣首先就從整頓吏治著手；陶澍在山西的官聲極好，但與州撫不甚相合，因而在道光元年調任福建按察使。

其時皇帝發覺安徽的藩庫很糟糕，前後五次清查，帳目轇轕不清；以致從嘉慶二十四年起，三年之間，巡撫換了四個人。新任的巡撫叫孫爾準；是由廣東藩司升任；他比陶澍晚一科，一起在翰林院當編修有好幾年。兩人的交情素來親密，而且志趣相投，平時討論學問，著重經世致用。孫爾準向來佩服陶澍在理財方面的見解；所以一升了安徽巡撫，心想要整理安徽的藩庫，非邀陶澍來幫忙不可。於是上奏保荐陶澍當安徽布政使；自然准如所請。

在安徽，孫、陶兩人的合作，非常圓滿。孫爾準長於武略，專管治安；陶澍長於吏治，專管財政。到得道光三年，孫爾準調任福建巡撫；陶澍順理成章地接任了他的遺缺。

「恭喜，恭喜！老公祖戴紅頂子了！」汪朝奉長揖到地。

「汪兄，汪兄！」陶澍急忙扶住，「你的稱呼萬不敢當！如仍以故人視我，請你用從前的稱呼。」

汪朝奉是陶澍特為請來敘舊的；他已經退休，鬚眉皆白；此時從徽州遠赴省城作巡撫的上賓，真是「人逢喜事精神爽」，一點都不顯龍鍾。

「從前是從前；朝廷體制有關，我在治下，當然應該稱老公祖。」

陶澍尚未答話，在屏風後面的秋菱開口了，「汪先生，」她說，「以你跟雲汀的交情，如果這樣稱呼，反倒生疏了。」

「是啊！」陶澍接口，「交情應該越來越深才是。」

儘管他們夫婦一再「降尊紆貴」；老於世故的汪朝奉卻很明白，「布衣昆季之交」的話，只准貴人自己說。如果自己不識趣，就會搞成劉邦對他的貧賤之交那樣，要請叔孫通來定朝儀，豈非殺風景之至？

因此，汪朝奉改了個官稱：「中丞」。對秋菱也由「陶太太」改稱為「夫人」。

「夫人發福了！」

秋菱本來生得具男相；一長胖了，更顯得「天庭飽滿，地角方圓」。但生具宜男之相，卻只有一個女兒；所以一聽人說她發福了，她就會嘆口氣。

「汪先生，有件事要請你勸勸雲汀。不孝有三，無後為大；我快四十了，不見得會有兒子。幾次想跟雲汀弄個人，他總不肯。」秋菱停了一會又說，「我知道他的用心，我也很感激。不過，他這樣是愛之適足以害之。」

汪朝奉心想，秋菱居然滿口掉文，儼然命婦的談吐；莫非真有「福至心靈」那句話。不過，何以說是「愛之適足以害之？」他倒要請教。

「汪先生你想，第一、無後不孝，我做了陶家的媳婦，將來要對得起公公婆婆；第二、人家不說雲汀不肯納妾，總以為我不讓雲汀納妾，無緣無故落個妒忌的名聲，我可不能甘心。」

「中丞！」汪朝奉說，「夫人的話是正論；請你不可拘泥！」

「我並不拘泥。容我緩緩圖之。」陶澍顧而言他：「皖南的情形如何？」

問到這一點，汪朝奉有為桑梓上說話的義務，自然不肯放過機會，當下痛陳地方利弊。陶澍亦虛衷以聽，而且問得很詳細。這一談上了公事，秋菱就坐不住了；悄悄從餐桌上退了下來，只關照丫頭不斷為賓主二人供酒。

談完公事；又談往事。有了幾分酒意的汪朝奉，忽然感慨地說：「我平生有件最得意的事；但如今想來，非常失悔。」

「汪兄，」陶澍不免詫異，「何出此言？」

「我早知道吳家會有以後的下場，我當時不必作那種為人也是為自己出氣的舉動。如今想起來，反倒覺得虧負了人家似地！」

陶澍聽出因頭來了；吳家一定落了個不好的下場。多年以來，從沒有人在他面前提過吳家；他也幾乎忘記了還有這門名義上的親戚。但當時之不願跟吳家往來，內心別有一段衷曲；倒不是不屑理吳家父子，更沒有負氣報復的意味在內。現在聽汪朝奉所說，倘或吳家父子遭遇了甚麼危難，自己可援以一臂之力的，卻因家中有此「不提吳家」的忌諱，竟未能盡力；豈不內慚神明？

這樣想著，自然急於要問個明白，「汪兄，」他說，「你是知道的，吳家的事，內人不會告訴我；所以……。」他覺得不易措詞，索性閉口。

「可要我從頭細說？」汪朝奉問。

「是，是！請從頭細說。」

話雖如此，十幾年間的事，也只有扼要而敘；吳家父子為了爭田上的出路與水道，結了不解之仇，前幾年打過三次群架；第三次吳少良被一支鐵尺，擊中前胸，當場口吐狂血，不等抬到家就死了。那是嘉慶二十年冬天的事；正是陶澍奉派為巡漕御史，單身在兩淮運河上下巡視的時候。

於是吳良便告了一狀，命案大事，安化知縣親自下鄉勘查；就地傳原被告審問。對方將結怨經過，細細供陳，知縣回衙門以後，傳集證人再審；認為吳家父子過於霸道，有取死之道，將誤傷致死的凶手，判了充軍。本來群毆的「兩造為首，及鳴鑼聚眾之犯，杖一百，流三千里」，吳良本人亦有充軍的罪名；只因他是苦主，從輕免罪。

即令如此，吳良仍覺不滿；獨子命喪，且又沒有孫子，性情變得乖僻暴戾，不上三年，一命嗚呼。

由於吳良在世之日，頗為勢利，一向不理貧寒族人；所以這時紛紛出頭奪產。孫伯葵想為女兒出頭，已經跟妻子商量好了，預備寫信給陶澍；但巧筠反對。這當然也是她的負氣；而事實上也沒有多大用處，因為那時的陶澍，正在川東道任上，即或想管這件事，亦是鞭長莫及。

「當時我亦早就回徽州了。去年到揚州訪友，遇見一個貴同鄉，談起來方知其詳。」汪朝奉嘆口氣說：「雖道自作孽，不可活。言之畢竟可傷。」

陶澍當然也很難過；心裡更關切著巧筠，便即問道：「目前的情形呢？」

「那要問夫人。或者有家信。」

陶澍心想，巧筠的境況，一定不會好；他回想嘉慶二十四年底，接到安化來信，說岳父、岳母在一個月之內，雙雙病故，當時便很奇怪，何以禍不單行。如今想來，必是因為這件事，受了刺激之故。

汪朝奉其實知道巧筠的境況，只有意不說；這樣陶澍就會跟妻子去談這件事。秋菱有甚麼關於她姊姊的話想說，便有了個很好的機會。

果然，到得汪朝奉被送至小花廳安置；陶澍便將汪朝奉告訴他的話，向妻子求證。

不提便罷，一提起來，秋菱雙淚交流，「老爺不說，我也不敢提。事情悶在我心裡好幾年了。姊姊，」她哽咽著說，「只落得孤苦伶仃，衣食難周八個字。」

陶澍既驚且哀，慘然說道：「又何至於如此？」

「世間凌虐絕戶人家寡婦，是件最容易的事。那時在川東；調山西的時候，她託人寫了一封信給老爺——。」

「我沒有收到啊！」陶澍搶先說，「我從沒有看到她的信。」

「你怎麼會看得到。專差送信到重慶；我們正在到太原的路上。後來我聽說，只差三天；專差早到三天，你就看到她的信了。我姊姊，真是命苦！」說著，秋菱又是涕泗滂沱了。

「唉！」陶澍哀嘆，「天地不仁，以萬物為芻狗！」

「老爺！」秋菱收淚說道：「總得要替她想個辦法才是。」

「是！是！」陶澍一迭連聲地，「該想辦法，該想辦法。」

有這句話就行了！秋菱心裡在想，只為娘家已沒有人，不便專派個家人回安化去給巧筠送錢；加以素來不蓄私房，即或遇到便人，也只能接濟個十兩八兩銀子，如今可以好好跟丈夫談了。

不道陶澍卻先開了口：「明天我就派人回安化；替她送一筆錢去，或者就擱在汪朝奉的典當裡，動息不動本，養她的老。」

這個打算是不錯的，但卻有一層難處；「老爺，」秋菱很婉轉地說，「這樣做，是替她設想得很周到，但怕姊姊會傷心。」

其實，是巧筠從川東投信不遇，益生誤會，發誓不受陶澍的好處，秋菱還瞞了這一段事實。

陶澍便問：「然則，計將安出。」

「只好託汪朝奉，由我出面，按季送她一筆錢，請汪朝奉典當代撥。」

夫婦倆細細商量，決定由陶澍在歷年積蓄的宦囊中，提出一萬銀子，託汪朝奉存在他的典當中，按月所得利息，就由典當直接送交巧筠。陶澍還說明，這一萬銀子算是贈予秋菱的私房，這樣，接濟巧筠不過出自妹妹對姊姊的贈予，與妹夫毫不相干，巧筠亦可受之無愧。

到得下一天午後，陶澍處理完了公事，將汪朝奉請到簽押房來閒談，閒閒談起他跟妻子所作的決定，問汪朝奉有何意見？

「現在存典生息，月息至多不過四釐半，我可以作主給五釐。一萬銀子一個月有五十兩銀子的利息，過日子是足夠了。」

「這筆錢是內人的，多承優惠，我代表內人謝謝。」陶澍說道：「銀子怎麼畫過去請你說了，我好交代。」

「不忙！等我稍稍籌畫，再來奉告。不過，我覺得今天對孫大小姐的慰藉，還不在一個錢字上。」

「喔！」陶澍問說，「還有什麼？」

「她傷心的是，中丞視之為陌路了！」

陶澍大驚，心頭也不免大起疑雲，不知道汪朝奉說這話是甚麼意思？

「中丞可容我再說下去？」汪朝奉見他神色有異，特意先問一句。

「當然！請。」

「我的意思，贈金之意，還是要讓她知道，出自中丞。」

「不妥，不妥！」陶澍搖著手說，「說破了，倘或她竟不受；就再無法挽回了。」

雖是拒絕，但動機還是出於體諒巧筠；這就等於表示，只要巧筠不會拒絕，說破是他贈金，亦自不妨。

有了這個瞭解，汪朝奉便不再多說；盤算了一下，寫了一封信，請陶澍派一名差官——撫標的把總，專程送信到安化，喚了典當中的一名得力的夥計來。

這個夥計也是汪朝奉的徒弟，姓楊，行二。汪朝奉問起典當的盈餘，楊二答說：「賺了有三萬銀子。」

三萬銀子的盈餘，除去花紅，約莫還有兩萬，照例一半轉為本錢，一半繳送東家，恰好是一萬銀子。

繳送東家的盈餘，一向匯到揚州；如今可以不必匯了，「我打一張一萬銀子的收條給你，代收東家的盈餘。」汪朝奉說，「你立一個一萬銀子的存摺，月息五釐。」

「是！」楊二印證地問：「是存在我們鋪子裡？」

「是的。」

「戶名呢？」

「『秋記』；香火的秋。」汪朝奉又說：「每月五十兩銀子利息，你每個月初十以前，送給吳家少奶奶。」

「那位吳家少奶奶？」

「還有那個？不就是吳良家嗎！」

「我知道了。」楊二又說：「頭一個月，我親自送了去。她如果問起來，我應該怎麼說？」

「你跟他說實話好了。」

楊二領受了指示，又討了安徽巡撫衙門的一個「印封」；憑這個蓋了巡撫大印的封套，便可以將「秋記」這個摺子，由湖南的驛馬轉匯到安徽。

命如紙薄

依照汪朝奉的關照，楊二在回到安化的第二天，就帶著兩樣東西去看巧筠。一樣是五十兩銀子一個的元寶；一樣是由汪朝奉代筆替秋菱寫給她姊姊的信。

巧筠住的倒還是自己的房子，但只剩得後園兩間；偌大的住宅，已為吳家族眾霸住的霸住，拆卸的拆卸，正主兒反被趕到原來花兒匠所住的兩間小屋中。楊二問了好幾個人，才得從後園的角門中找到。

這時是五月初天氣，巧筠穿一件舊藍布褂子，自己在汲水洗臉；臉上當然有了皺紋；也有了白髮，但輪廓眉眼之間，還留著當年絕代風華的殘跡。所以楊二雖未見過巧筠，卻一眼就能認了出來。

「你是吳太太？」

「是的，我姓吳。」巧筠問道：「你貴姓？從那裡來？」

「敝姓楊。」楊二自己說明身分。

「喔，請問你來看我有事嗎？」

「是。有事！以後每個月都要來看吳太太一次。」楊二把手裡的包裹提了起來，「我來替吳太太送利錢。」

「利錢？」

「是的。利錢！陶太太叫我送來的。」

「那個陶太太？」

「不就是陶撫台的太太嗎？」

巧筠又驚又喜，「怎麼？」她問，「我妹妹回來了？」

「不是！我到安慶去了一趟。」楊二問道：「吳太太，可以不可以讓我進去說話？」

巧筠考慮了一下說：「好吧！你請進來。」

未曾送銀先送信；秋菱的信在巧筠是相當陌生的，因為每次有便人來，帶來她從家用中積蓄下來的十兩、十五兩，最多二十兩銀子的接濟，往往只有一個口信，甚至口信也沒有，只說是「陶太太託帶的」。像這樣當面的函札，在她記憶中是第二次；第一次是雙親於匝月中先後下世時；那封信中用了許多讓人看不懂的典故，料想是衙門中「書啟師爺」的代筆；這一次的筆跡不同，瀟瀟灑灑的一筆行楷，不知是不是陶澍所寫？

光是這個小小的疑問，便引起她一連串的怨艾與感慨。總只為當初成見太深，只覺得一個人窮了便一無是處；從未問過陶澍才學如何，可有出息？以至於連他的筆跡都不曾見過；那就怪不得人家今日視她如陌路了。

拆開信來一看，第一句「大姊妝鑒」，由這個稱呼便知不是陶澍代筆；因為從母親認秋菱為義女那天起，她就只叫「姊姊」，不叫「大姊」。這一點，陶澍應該是很清楚的；稱呼不應錯誤。

這樣轉著念頭，心中便彷彿有怏怏不足之意；她不暇細辨這種感覺因何而起？當著客人，一時也無法去仔細體味；強自定一定心去看信。

信上少不得有幾句問候的話，泛泛地類似客套；接下來便談及正事，她說她一直想為巧筠的生計，籌個長策，苦於無人可以商議。最近汪朝奉從徽州到安慶來作客，她跟他私下籌議，決定湊一筆錢存在典當生息，按月有五十兩銀子可用；在秋菱總算了掉一樁心事。從此但望巧筠能夠善自排遣，不必戚戚。

看完這封信，她心裡很不是味道。感覺中秋菱只是為了姊妹的名分，不能不盡此義務；只是將她看成一個累贅，何嘗有甚麼姊妹的情分？

於是多年以來，唯一撐持她能在接連不斷的打擊困厄中活下去的那些微傲氣，很快地擴張開來。抬起頭來，看著楊二問道：「這封信是誰交給你的？」

「是汪朝奉。」

「你沒有見到陶太太？」

「是的。」

「也沒有聽到陶太太叫人關照你甚麼話？」

「沒有。」

這不是？巧筠在心裡冷笑，一個月五十兩銀子便可買個心安理得，世上那裡有這樣便宜的事！

「楊先生，請你把銀子帶回去。我不能要！」此言一出，楊二驚愕莫名；期期艾艾地問道：「吳太太，是不是我甚麼地方得罪了你？」

巧筠一楞，旋即想起，必是自己面凝寒霜，使得楊二誤會了。果然如此，不免抱歉，便放緩了臉色，連連說道：「不相干，不相干，與你不相干。」

「那末，吳太太，你為甚麼不收呢？陶夫人有大筆銀子存在我們店裡，關照按月送息；頭一個月不收，以後呢？」

這話說得太壞了！稱她「吳太太」；稱秋菱卻是「陶夫人」，這稱呼上的差異，便使得巧筠越感刺激；當即冷冷答說：「有大筆銀子是她陶夫人的，與我吳太太有何相干？你把銀子帶回去；我從沒見過銀元寶。以後你也不必來了！」

這下，楊二聽出來了，自己說話太不檢點，不應該在稱呼上有所區別；事情辦糟了，汪朝奉面上不好交代，便只好道歉：「吳太太，請你原諒我不會說話——。」

「你不必往下說了！」巧筠很快地打斷；聲音很冷，也很僵，「快走吧！我不是生你的氣。」

「那末，吳太太，請你替我想想。」楊二哭喪著臉說：「我回去怎麼跟朝奉交代？」

這倒也是實情，巧筠心倒有些軟了，但自己剛才的話說得太硬，毫無轉彎的餘地，這個銀元寶說實在沒有辦法收下來；想一想答說：「你回去這樣說，銀子我暫時不能收，是因為我這個地方，根本就沒有收藏的地方；眼前我也不缺錢用。」

「這是說，把錢暫寄在我們店裡？」

「對了，就算暫寄好了。隨便你怎麼說都可以，反正我今天不能收這筆錢。」巧筠又加了一句：「真的，我另有緣故不能收；與你毫不相干。」

楊二無奈，只好抱了銀子回店裡；心裡卻是百思不得其解，窮得那樣子，居然連至親的接濟都拒絕，是為甚麼？

楊二無奈，只好抱著銀元寶回典當，進門自覺面上無光，討債討不著，猶有可說；送錢送不掉，可見不會辦事。

這時掌櫃的朝奉就是池竟成；一見便問：「怎麼？上門不見土地？」

「人倒在，不肯收。」

「為甚麼？」

「我也弄不明白其中的道理。」楊二將經過情形，細細說了一遍。

「二哥！」池竟成與楊二是師兄弟所以用此稱呼；但下面的話就帶著教訓的意味了，「師父寫信來，指明要你去辦；我想你一定會把事情的前因後果弄清楚，有不明白的地方也會請教師父，所以我不必多關照。早知如此，倒不如我自己去一趟。」

一席話說得楊二滿面羞慚；囁嚅著說：「那末現在請你再去一趟呢？看看能不能挽回？」

「事成僵局，不能心急；越急越僵。等我來想辦法。」

池竟成做事很穩重，一面想辦法，一面詳詳細細寫了一封信，託驛站寄到安徽巡撫衙門，轉給汪朝奉，請示辦法。

汪朝奉可就大傷腦筋了。本是一片好意，不想由於楊二不會說話，反而使她們姊妹生出意見；如果不能善為紓解，不但有負為巧筠的生計，籌一長治久安之策的本意，而且也對不起秋菱。

正在大傷腦筋時，忽然出現了一個意外的情況，陶澍接到軍機處的「廷寄」，說是奉旨召陶澍入覲；在開年以後，立即啟程。同時又接到他的會試座師，兵部尚書玉麟的密函，說皇帝對他清理安徽藩庫歷年虧空的辦法，頗為滿意；陶澍所奏報的，治理洪澤湖以期消除水患，有助運道的計畫，更為關心，所以要召他進京，當面垂詢。又說皇帝對他的勇於任事及才幹，非常欣賞；這次入覲，或會升遷，亦未可知；希望他及早進京，最好在正月十五以前趕到。

這時已經過了臘八，沒有幾天就要封印了。陶澍很想在年內動身；而秋菱則很想回安化去上新墳——孫伯葵夫婦下葬後，她還沒有去掃過墓；陶澍則連岳父、岳母的墳是甚麼樣子，都沒有見過。

於是陶澍將汪朝奉請了去商量，「我多年沒有回家鄉了。做地方官絕不能憑空請一兩個月假回鄉；只有趁入覲調任之便，順道回籍。」他說：「我想年內進京，正月底出京；大概二月中可到湖南。你看，內人是先回安化呢，還是隨後動身？」

「自然是隨後動身。」汪朝奉說，「夫人不妨過了元宵下船，沿長江到漢口，等中丞由京師取道開封南下，在漢口會齊了，一起衣錦還鄉，豈不妙哉？」

「說得是！」陶澍點點頭，「本來我想約你一起進京，旅途也不寂寞；如今只好將護送內人到漢口的事，重重拜託了。」

汪朝奉自然一諾無辭；不過他另有心事要跟秋菱商量，老實告訴陶澍，要求他迴避。陶澍毫不考慮地照辦。

「夫人，」他歉然地說，「事情弄得很糟！我這幾天有點食不甘味了。」

「喔，汪先生，」秋菱吃驚地：「甚麼事弄糟了，請你快告訴我。」

「是令姊那面，彷彿誤會很深。」汪朝奉將池竟成來信告訴他的情形，毫無隱飾地告訴了秋菱；話中不斷地自責自怨。

「汪先生，這不是你的過失，你不必難過。」秋菱反倒勸他，「我姊姊對我倒是不會有成見的；楊夥計一時說錯了話，總可以解釋得清楚。」

聽得這話，汪朝奉的心寬了些。他原以為巧筠對秋菱心中早存芥蒂；這一次對楊二所表示的態度，應如俗語所說的「冰凍三尺，非一日之寒」，化解很不容易。果然巧筠對秋菱並無成見，事情就好辦了。

於是，他默默地盤算了一會，籌畫一條挽回的途徑，暫且不言；只說：「中丞一向有公無私；不過貴為封疆，也應該光大門楣，才是孝道。這一層，不知道中丞跟夫人談過沒有？」

「談過的。」秋菱答說：「他的意思是，能積到三萬銀子，要修一修祠堂，買個百把畝祭田。」

「自己住的房子呢？」

「我也是這麼說。他答得很妙，說住的房子，在他心裡已經有了；名字都早題好，叫做『印心石屋』。不過，告老也還早，不妨過個十年、八年再談。」

「那，這一次回去呢？」

「臨時找地方。」

「臨時找地方，不就是讓地方官辦差？本鄉本土，中丞這麼做，要受批評的。」

「我也這麼說；他說，不讓地方官辦差就是。」

「你不讓他辦差；無奈他自己要辦；或者縣官倒想省事，府道要巴結中丞；湖南巡撫也要拉拉交情，關照縣官好好辦差，他敢不遵？」汪朝奉又說：「何況，中丞現在聖眷正隆，前程方興未艾；本地的官員，豈有個不巴結之理？」

「啊！啊！汪先生，你的話真透徹！」秋菱想了一下問：「那麼，你看應該怎麼辦？」

「趕緊自己修房子；反正典裡存得有款子，我趕緊回去辦這件事。二月初，我到漢口來接夫人。」

「那好！送我的人總有的。不過，這件事要請你跟雲汀說。」

說完，她隨即命丫頭去請了陶澍來；汪朝奉便將他的一套想法說了出來。

「這倒也是。倘或落個騷擾桑梓的名聲，不能令人甘心。」陶澍說道：「不過，房子也修得只要能夠容身，庶幾不失我寒素家風。」

「家風不宜失墮；朝廷的體制也不能不顧。反正交了給我，總把它辦妥當就是。」

於是汪朝奉便在陶澍啟程北上後，由安慶動身到安化。此行除了他自己的小廝以外，另外帶了陶家的一個男僕；此人名叫史炳生，原是孫家老奶媽的兒子。老奶媽隨巧筠「陪嫁」到吳家不久，一病而亡；史炳生看不慣吳家父子的行徑，回明巧筠，投奔陶澍，派任採買，儼然是管家的身分。這一次隨汪朝奉回安化，除了修屋可供差遣外，汪朝奉還有用得著他的地方。

到得安化，已是臘月廿五；在典當中安頓了行李，史炳生隨即照汪朝奉的囑咐，帶了三十兩銀子、一匹寧綢，還有一網籃醬菜之類的安慶土產，去看巧筠。

這天奇冷，敲開門來，只見巧筠凍得臉色發紫；風中花白頭髮紛披，宛然老媼了。

「炳生，」巧筠驚異地問，「你是那天來的？」

「剛剛到。」

到得那間四面灌風的屋子裡；史炳生放下東西，給巧筠請了個安，方始交代錢物。

「三十兩銀子是二小姐親手交給我的。這兩個月沒有便人，所以錢也不能早送來。」

巧筠頗為詫異，「上次不是典當的一個夥計，到安慶去過了嗎？」她問。

「好像有這回事，我沒有見到。」

「那就奇怪了！」巧筠想了一會，問說：「二小姐是不是有一萬銀子的私房，存在典當裡？」

「不會有這樣的事！」史炳生笑道：「二姑爺的開銷大，又不肯弄錢；二小姐那裡會積得起一萬銀子的私房。如果有一萬銀子，早就替大小姐好好買一所房子，也用不著住這個破地方。」

「雖是破地方，到底是我自己的家。」巧筠仍舊對楊二送利息來這件事，感到困惑；便將當時的情形講給史炳生聽了以後又說：「莫非是汪朝奉在搗甚麼鬼？」

「汪朝奉是跟我一起來的；大小姐自己問他好了。」

「汪朝奉來了？」巧筠越感意外，「他來幹甚麼？」

「來替二姑爺修房子——。」

史炳生將陶澍奉召入覲；秋菱預備回安化來上新墳，約好在漢口會齊，一起回鄉；以及汪朝奉來為陶澍經營「印心石屋」等等情節，鉅細不遺地都說了出來。

巧筠聽得很仔細，心裡思潮起伏，不知是驚是喜，是悲是恨？反正看得出來，所受的刺激很大。

史炳生不敢多說了；但覺得有件事可以替巧筠做，「大小姐，」他說：「這屋子日夜灌風，不要凍出病來。我上街去買桑皮紙來替你糊一糊。」

「喔！」巧筠定定神說：「桑皮紙、灰麵早就買了，就是懶得動手。」

「我來！」

史炳生卸去棉袍，先打漿糊，後裁紙條，找了把舊棕刷，將窗戶及板壁縫隙，都用桑皮紙糊好；屋子裡頓時就暖和了。

屋子暖和了，心也暖了。秋菱所贈的三十兩銀子，她已決定接受；但覺得不能沒有幾句話交代。

「上次姓楊的送來五十兩銀子，說是二小姐有一萬銀子的私房，存在他們典當裡，按月的利息送給我用。我心裡在想，那一萬銀子又不是她自己的，我不要用別人的錢，所以不收；今天你帶來的三十兩銀子，是她為我省吃儉用積下來的錢，我如果不收，是埋沒了她姊妹上的情分，不可以！炳生，你說、你說我的話是不是？」

「是的，一點不錯。」史炳生起身告辭，「大小姐，我要走了。明天再來！」

「明天？」巧筠問道：「明天你還有甚麼事？何不此刻就跟我說？」

「沒有事；明天我再來看大小姐。」

「不必、不必！你有你的事；過了年再來好了。」

「那，」史炳生說：「我看情形，有空就來。」

「對！你如果沒事，就到我這裡來坐坐談談。」巧筠嘆口氣，「我也不知道我一個人的日子，是怎麼過下去的？心裡總好像——。」她突然警覺，再說下去，便要透露心事了！因而縮住了口。

等史炳生一走，她望著那三十兩銀子，茫然不辨悲喜；不過有一點她是很清楚的，有了這筆錢，她有許多事好做，同時也有許多事好想。

「吳太太，吳太太！」外面有人在喊。

是左鄰開油鹽店的掌櫃娘子劉四嫂。巧筠這多年來飽嘗炎涼世味，只剩下一個劉四嫂，還常相往來。此時正想要有個人來談談；所以聽得她的聲音，心頭泛起一陣喜悅，一面高聲答應，一面急急去開了門。

「門窗都新糊過了，真難得！」劉四嫂說，「我老早勸你，叫我們店裡徒弟來幫忙；你總不要。今天居然勤快起來了。」

「也不是我自己動的手。」巧筠答說，「你記不記得，我那老奶媽有個兒子叫炳生？」

「記得！他不是跟了你家二小姐去了嗎？」

「是啊！剛剛從安慶來。喏，」巧筠又得意、又傷感地，「你看，我妹子叫他送了三十兩銀子來給我過年。」

「好啊！到底是姊妹。嫁得好，自然要幫幫姊姊的忙。」

「嫁得好」三字像針樣刺在巧筠心上；臉色頓時變了，劉四嫂一向胸無城府；這時發覺自己失言，深為不安，但又不便道歉，也不知如何解釋，楞在那裡，頗為尷尬。

這下，反倒是巧筠覺得抱歉，「請坐啊！」她想出兩句話來緩和場面，「我要拜託你件事，換十兩銀子的銅錢；另外二十兩銀子替我剪開，兩把重一塊的最好。」

「這容易。我馬上替你去辦。」

「不忙，不忙！」巧筠拉住她說，「我們先談談。」

劉四嫂便坐了下來，巧筠將史炳生帶來的土產，挑其中可以消閒的糕餅糖果，抓了幾大把放在桌上款客。

「你有沒有事？」巧筠問說，「我有好些話要跟你說。」

年近歲逼，做一個掌櫃娘子豈能無事？不過劉四嫂為人熱心，不忍辭拒；兼以巧筠的身世遭遇，一直是街坊的話題，如今聽她說「好些話」要說，當然是談她自己，很值得聽一聽。好得有兩個女兒都很能幹，偷閒片刻也不要緊，所以點點頭說：「沒有事！有事也不礙，自有人會照應。」

「對了！你生了兩個好女兒。」

想到劉四嫂的那一雙姊妹花，又加深了巧筠的感慨。多少年來，她將一切不如意的事，都積在心裡；早就覺得要找個肯同情她的人，盡情一吐，方能稍減心頭的負擔，能容她鬆一口氣。這天史炳生一來，使得她的這種欲望，更升高到如骨鯁在喉的程度；恰好劉四嫂來訪，是唯一可談之人，所以明知她家務繁忙，仍舊提出這個不情之請。

「有話，你說啊！」劉四嫂咬著江南的蜜餞青梅，「我靜下心來，等著聽呢！」

「一部二十四史，不知道從那裡說起？」巧筠看到那三錠銀子，不由得想到當初的悔婚別嫁；心又像刀割一般地痛了。

看她神氣不對，劉四嫂有些著慌，「吳太太，」她說，「你不要去想傷心的事！」

光聽這句話，巧筠便覺得她確可算是一個知音；心裡一感動，越發覺得要說出來才舒服。

「劉四嫂，大家都說我嫌貧愛富，自作自受；我也承認。不過，說這種話的人，都是沒有經過我的處境；倘或經過，恐怕就不會這樣說了。」

「是啊，我也常常跟人家說，『家家有本難唸的經』，吳太太當初總也有不得已的苦衷！」

「阿彌陀佛！」巧筠真的合掌當胸，微帶激動地，「總算有人說一句公平話！劉四嫂，水往低處流，人往高處爬；當初，吳家來提親，我心裡是有點動的，怪就怪在我那時候顧慮太多，沒有一口回絕，以至於我爹誤會了我的意思。」

原來還有內幕！劉四嫂精神一振，「吳太太，」她問，「你先說，你有些甚麼顧慮？」

「我顧慮的是，我嫁到陶家，對他有沒有幫助？」巧筠略停一下說：「我家境況雖不好，不過我也是嬌生慣養的；不會燒飯、不會洗衣裳；嫁到陶家，你說怎麼辦？」

「這倒是實話，你是一朵花，要插在花瓶裡供養的；陶大人那時候一個窮秀才，怎麼養得起你？」

「就因為自己私底下想想，他如果養不起我，我成了他的一個累贅，變成害人害己，所以我一時沒法子回絕吳家。到後來，我爹受了人家的聘金；我爹跟我娘天天吵，吵得六神不安，那種日子，不是人過的。當時全家只求我爹不要鬧，甚麼都好說。到後來，到底還是我娘來了掉這件事！」

「你是說，拿、拿現在這位陶太太當作你妹妹，代嫁到陶家？」

「是啊！到了那個時候，我想爭也不成功了。」

「到了那地步，當然不能爭了。一爭不壞了你妹妹的終身大事。」

「就是這話。」巧筠黯然說道，「那想得到以後——。」

「你也不要難過。萬事全是命，半點不由人！怪不得你。」

「唉！說是這麼說；換了你只怕也看不開。」

「話說回來了，你妹妹，陶太太總算是有良心的。」

「她人是好的。不過最近有件事，我可真有點弄不明白了！」

「甚麼事？」劉四嫂問。

「一個多月之前，汪朝奉的典當裡來了個人——。」

這個人自然是楊二。巧筠所以要談這件事，是希望劉四嫂能為她解答一個疑團，秋菱根本就沒有甚麼私房要存典生息，那麼一萬銀子是那裡來的呢？

「當然是陶大人交給汪朝奉的。」

「不會！」巧筠答說：「他一直恨我。從前有件事託他，他能夠幫忙的不肯幫忙，連回信都沒有。」

「那末會是誰呢？」劉四嫂說：「總不見得汪朝奉會拿一萬銀子，冒充陶太太的私房；按月生息來供使用。他跟你非親非故，為甚麼這麼好？就算他有這麼好，陶家的親戚要他來照應，不掃了陶大人的面子？」

旁觀者清，也是簡單地照常理判斷，所以反能看得透徹。巧筠也覺得她的話不錯；無奈她始終不能相信，陶澍會盡棄前嫌，為她籌畫生計。

「那年他們夫婦回安化來請客；帖子倒也發給我了。老奶媽到我娘家去了一趟，回來告訴我說，最好不要去赴席；人家也根本沒有打算著我會去。」

「既然如此，發帖子幹甚麼呢？」

「不發帖子怕受人家批評，說他氣量小。」

「現在也是一樣。」劉四嫂說：「他現在這麼闊了，不肯照應至親，人家也會批評的。」

「現在跟從前不同了。那時吳家跟我孫家，親戚朋友還多；現在就剩我一個窮老婆子，那個會記得起？」巧筠觸動今昔之感，不禁悲從中來，「早知道有今天這種日子，倒不如那家也不嫁；鉸了頭髮到白衣庵去做姑子。」說著，兩行眼淚掛了下來。

「唉！萬事都是命。你想開一點兒吧！」

「怎麼想得開？那裡有東西可以去想？」巧筠的聲音空落落地，聽來荒涼寂寞，令人無端興起一種恐懼，「人活著總有個希望；不管多麼苦，想想有一天會出頭，苦就受得下了。我呢？怎麼才叫出頭？劉四嫂，你替我想想，要怎麼樣才算是我出頭了？」

劉四嫂心想，王寶釧苦守寒窯十八載，丈夫回來了，就是出頭了；寡婦守節撫孤，到兒子能夠自立，也是出頭了。巧筠一樣都不是，那裡有甚麼出頭的日子？

不過，劉四嫂突然想到一個主意，「吳太太，」她喜孜孜地說，「你何不承繼一個兒子？」

巧筠搖搖頭，「我也想過。」她說，「吳家的人，我見了就生氣，也沒有甚麼有出息的；再說，有出息的又怎麼肯給我？」

「育嬰堂裡去抱一個。從小帶大來，一定當你親娘。」劉四嫂又說，「你沒有生過，帶奶娃子自然很麻煩；不過不要緊，我可以幫你。」

這話將巧筠說得心裡一動，「等我想想。」她說，「自己窮得這樣子，再添一口人；將來弄得母子兩個一起討飯，何苦？」

「你不要這樣說，那裡會有這樣的事！」劉四嫂又說，「從來也沒有聽說過，妹妹是一品夫人；姊姊會得討飯。」

聽這一說，巧筠心又熱了些，點點頭說：「我一定要好好想一想。」

一過了人日——正月初七，印心石屋便要開工了，汪朝奉做事很爽利，但也很謹慎。爽利的是，在工錢料價上，不大計較；他說：「明吃虧我也替陶中丞認了。他清廉為官，省下國家給他的俸祿，皇上獎賞他的銀子，回家鄉來造幾間能夠配他身分的住房，不能替他招來一個嗇刻的名聲。」

工頭覺得他很夠意思，因而很樂意地順從了他的要求；擇定正月初七黃道吉日開工——舊房子早在年前就拆掉了。

謹慎的是，怕造屋會妨害陶澍的前程；徽州人本來就相信風水，汪朝奉自己也讀過《撼龍經》之類講堪輿的書，仔細勘察過方位，也請了風水先生用羅盤來細細校算過，認為一切無礙，方始放心。此外，他還想到，那一塊「印心石」不能動；所以除了大門以外，內宅進出必由之路，仍和以前一樣，必得踩上這塊「印心石」。

到了那天，在選定的時辰，午初一刻；在工地上祭神放炮，正式動土。安化城小，這件事立刻成了新聞；有人回憶陶澍當年如何清寒：便有些嘴皮子刻薄的人說：「那時候窮得老婆都娶不起，只好拱手讓人。不過也虧得沒有娶那個『掃把星』！」

「掃把星」當然是指巧筠。不是嗎？嫁到吳家剋公公、丈夫；偌大一片產業，煙消火滅。他們不說吳家老少兩代，多行不義必自斃；卻把所有的責任都推到巧筠頭上，這使得汪朝奉很替巧筠不平。

「都是勢利的緣故。」史炳生說，「如果我家大小姐不是落到這般光景，也沒有人敢這麼說話。」

「炳生，你倒看，」汪朝奉問道：「有什麼辦法讓大家不要這樣子說！他們也應該積點口德。這些話傳到你們大小姐耳朵裡，不把她氣死才怪。」

「辦法是有，不過辦不到。」

「你不管它！」汪朝奉急急問道，「你先說來聽聽。」

「那天我聽劉四嫂說——。」

「慢點！」汪朝奉問，「劉四嫂是什麼人？」

「大小姐的鄰居，她丈夫開油鹽店。劉四嫂很照應大小姐；人很熱心的。她告訴我，大小姐跟她談過，說二姑爺到現在都在恨她。大家也都看得二姑爺不理這個大姊姊，越發不當她人——。」

「我懂了！」汪朝奉不等他說完，便將話截斷。

汪朝奉不但有所省悟，而且悟得很透徹。他是想到了「入則心非，出則巷議」這兩句成語。此中亦有許多層次，除非大奸大惡，不至於令人心非巷議；其次是有頭有臉的人物，言行不符，明眼人心不謂然，雖不便公然批評，私底下卻薄其為人。至於巷議，表面嚴重，其實不過閒來無事，資為談助而已，只要考查出真正的原因，用事實作有力的說明，浮議自可平息。

像巧筠的悲慘境遇，不過可用來作為勸人勿涉勢利的一個鮮明例子；究其實際，並非巧筠是如何奸惡，只要浮議一息，大家自然而然地會把其人其事忘掉。

其實勸人勿涉勢利，往往本人亦不免勢利；巧筠之常為人所議論，是因為她目前的境況，彷彿自作自受，不足憐惜；但如情勢一變，遭遇並不如人所想的，是應得的報應，那一來，大家對她的觀感，自然也就不同了。

恩怨不分明

正月底，汪朝奉接到秋菱的一封信，說陶澍從京裡由驛馬遞到家書，定期出京，大約二月十五，可到漢口，因此秋菱決定在二月初十以前到漢口，泊舟相待。安徽巡撫衙門，已經派出專差，到漢口去布置行館；她特地通知汪朝奉，如果不能分身，就不必到漢口迎接。信末又註了一句，請他將她回安化的日期，告訴巧筠。

汪朝奉一直想去看她，但諸事有史炳生傳話，他找不到一個可去看她的理由。如今有了秋菱的信，便有了藉口，可以堂而皇之登門了。

當然，他要顧慮到巧筠或許對他心存芥蒂，冒昧從事，碰個釘子；或者勉強接待，話不投機，犯不著自討沒趣，所以託史炳生先去問巧筠是不是歡迎？

「要怎麼樣歡迎？」巧筠問說：「是不是要下個全帖去請他？」

「大小姐在說笑話了！」史炳生陪笑說道：「汪朝奉的意思是，怕你厭煩，託我先來問一問。如果大小姐不願意見他，或者見了他也沒有話說，他就不來討厭了。」

「我沒有什麼不願意見他；也談不上討厭。而且——，」巧筠遲疑了一下，終於說了出來，「我正有話要跟他談。」

「那好！我馬上去請了他來。」

等史炳生去而復來，身後多了個汪朝奉。相見之下，巧筠臉上自不免有羞窘之色；汪朝奉心內吃驚，這那裡是當年豔傳人口的「安化第一美人」？不過表面卻很平靜，照他與吳家、陶家的關係來說，稱她「大姑奶奶」，寒暄著說：「十多年不見了。」

「你倒還認得我？」巧筠問說。

這句話很難回答，不能作違心之論，更不便作感慨之狀，略想一想答說：「大家閨秀的氣度，總改不了的。」

對他這句話，巧筠覺得很中聽；不由得問道：「我那妹妹呢，越發像個一品夫人了？」

「她原生得富態。」汪朝奉緊接著，「二姑奶奶二月初前後到漢口，大概二十可以到安化。特為讓我當面來告訴大姑奶奶。」

「勞你的駕。」巧筠問道：「我記得聽人說過，漢口到這裡的水程，不過五天；為什麼要到二月二十才到。」

「因為，」汪朝奉不能不老實說：「要等二姑爺從京裡到漢口，一起回安化。」

巧筠不作聲，而且臉色顯得陰黯；好久，她才問了一句：「他的新屋怎麼樣了？」

「正在日夜趕工，虧得天公幫忙，連著都是晴天，工程很順利；二月二十以前一定可以完工。」

「這——，」巧筠幽幽地自語，「不知是他的福分，還是我妹妹的命好。」

「六親同運，要好大家都好。」汪朝奉又說：「大姑奶奶，我要到漢口去接二姑奶奶，把這裡的情形告訴她。你有什麼信要我帶去；或是在漢口要捎什麼東西來，都請告訴我。」

「有話，等她來了，我自己會跟她說。」

「是的！」汪朝奉說：「疏不間親，倒是我失言了。」

「也不算失言。誰不知道你跟陶雲汀比同胞手足還親。」巧筠問道：「你們現在怎麼稱呼？」

一問，很出汪朝奉的意料；而且語氣中有考量的意味，倒不能不想一想再回答。

當然也不能容他多想，「他仍舊照常不改。」汪朝奉答說：「我可不能不改，到底朝廷體制有關；我是用官稱『中丞』。」

巧筠點點頭，「這倒也罷了！汪先生，」他說：「我有件事請問你，是不是說我妹妹有一萬銀子存在你們典當裡，按月的利息歸我用？」

「這，」汪朝奉故意躊躇了一會才說：「事情已經過去了，大姑奶奶好不好不提它？」

「為什麼？」

「我怕提到這件事，會惹得你——。」

「惹得我怎麼樣？」

「惹得你傷心。」

巧筠將雙眼一揚，彷彿要生氣似地；但脾氣不曾發作，便已洩掉，很快低下頭去；再抬起頭來時，容顏慘澹，不過並不軟弱。「反正傷心也不是一天的事了！你說吧！」

「我，」汪朝奉仍舊躊躇，「真不知道從那裡說起。」

「那，我問你答好了。」

「好，好！」汪朝奉欣然同意，「請說吧！」

「到底是不是我妹妹的私房？」

「二姑奶奶那裡會存私房；省下幾個錢來，有便就捎了給你，那裡還有私房。」

「那末，那一萬銀子是那來的呢？」

「根本沒有這一萬銀子。」

巧筠大為詫異，既無本錢，何來利息？剛要開口相問；旋即省悟，這是個托詞，不過藉此便有個每月送她五十兩銀子的名目。

然則，這五十兩銀子誰出？她還在遲疑著不知這句話該如何措詞去問；汪朝奉卻還有話。

「二姑奶奶根本就不知道這回事。」

「這樣說，是誰出的主意呢？」

「我。」汪朝奉指著自己的鼻子說。

「銀子誰出？」

「大姑奶奶倒想呢？」

「陶雲汀？」

「不錯！」

「不錯」二字入目，心頭大震；想了好一會才說了句：「我不信。」

「不信就不信。反正事過境遷了。」

巧筠大失所望，也頗為懊悔，她原來的意思是想汪朝奉細道其詳，但又不肯正面回答。以為說一句「我不信」，汪朝奉會使得她相信，定會細說經過；誰知這一下倒是弄巧成拙了。此刻當然不能再回過頭來要求他說一說詳細情形，只好不提。

「大姑奶奶還有什麼話？」

「沒有了。」

「那，我也該告辭了。這幾天日夜趕工，我自己也得盯在那裡。」

「你，」巧筠乘機問道：「你是不是要等房子完工才動身？」

「大姑奶奶，」汪朝奉突然問道：「我聽說你想領養一個孩子？」

「誰告訴你的?」巧筠反問。

「喏,」汪朝奉指著坐在門口矮凳上的史炳生,「說是一個什麼劉四嫂告訴他的。」

說出來歷,巧筠無法否認,「是的。」她說:「有這個意思,不過,也是高不成,低不就,將來不知是何結局?」

好端端地,又有牢騷與感慨來了,汪朝奉心想,就算觸及她的心境,也還是要勸她:「大姑奶奶,我們覺得劉四嫂的主意很好,你把全副心寄託在孩子身上,眼前不會寂寞,將來也有依靠。」

「眼前或者能夠排遣寂寞;將來未見得能有依靠。」巧筠答說:「養到大來,總要三十歲才能自立,那時候我只怕早已入土了。」

「不然!只要書讀得好,早發的也多得是。二十歲的進士,不是什麼稀奇的事。如果現在抱個三、四歲的孩子,花十幾年心血下去,就有收成了,大姑奶奶,你有二姑爺這一門闊親戚,還怕兒子沒有照應?」

「他肯照應嗎?」巧筠脫口相問。

「怎麼不肯?就怕書讀得不好;有大力量也照應不到那裡去。」

聽這一說,巧筠倒真的心動了;垂著眼只見她睫毛不住眨動。等她抬起眼來,只見她眼中流露出很明亮的光輝;看去像年輕了好幾歲。

「我倒也不想他照應。不過,十年窗下無人問,一舉成名天下知,不見得世界上就一個陶澍辦得到。」

這意思居然是要爭口氣,也要培植出一個像陶澍這樣的寒士來;其志可嘉,其情可憫,其事則不一定值得鼓勵,因為懸得太高,將來十之八九會失望。而且教育子弟,如果不是出於造就子弟本身的動機,就往往會有意想不到的流弊。因此汪朝奉對她所持的想法,頗不以為然。

但是，他也知道，不能正面相勸；越勸她越不服氣，反而會將她的不正常心理，扭擰得固結不解；所以想一想答說：「大姑奶奶，我很佩服你的志向；不過，那也要看機會。」

「你說的機會是什麼？」

「要看資質，無法強求。我倒覺得聰明才智，還在其次；天性淳厚，肯聽你的話，最要緊！」

「這倒也是實話。」巧筠點點頭。

「大姑奶奶，我替你物色。」汪朝奉一面站起身來，一面說道：「精神總要有個寄託。等我見了陶中丞，我會跟他說。」

他會跟陶澍說些什麼呢？巧筠覺得他的話曖昧不明；卻又不便留住他再問，只好納悶在心裡。

「我走了。」汪朝奉又說，「等我從漢口回來，再來看大姑奶奶。」

巧筠沒有接話；目送他的背影消失，心裡不自覺將他的話又從頭回想，卻是越想越困惑，不知道陶澍對她，到底是怎麼樣的一種想法？

「管他呢！」她突然省悟，自言自語地，「他是他，我是我；毫不相干。」

話雖如此，卻不能將陶澍二字從心中移去；許多塵封的往事，自然而然地湧到心頭，終於使得她不能不痛苦地承認，多少年來，她實在沒有忘記過陶澍，只是自己騙自己，以為已將陶澍丟開了而已。

從二月初起，安化城裡就到處可以聽見人在談陶澍；縣官徵集民伕，整治道路；東門外破破爛爛的「接官亭」，也修得煥然一新；又召集地方士紳，商量如何歡迎衣錦榮歸的「陶撫台」？巡撫衙門特為派了人來關照，「辦差」要辦得格外周到；因為京裡有信來，陶澍到京以後，皇帝一連召見了好幾次，每次都要費到個把時辰，細談國計民生。從種種跡象去看，陶澍的「聖眷正隆」，前程遠大。本省的巡撫不能不對他格外客氣。

其實，即使「上憲」未曾關照，縣官亦會盡心盡力去「巴結」這趟「差使」。只要將陶澍「伺候」好了，等他回到省城，在巡撫或者藩司那裡說幾句好話，便有調個好缺的希望。甚至陶澍回任以後，會來公事調他到安徽，加以重用。總之，難得有這樣一個結納貴人的機會，絕不可輕易放過。

這些情形，劉四嫂當然要去告訴巧筠；「吳太太，」她說，「至親到底是至親，你苦了好幾年，現在翻身的時候到了！請陶撫台跟縣大老師說一說，把你們族裡欺負你的人，辦他兩個；應該是你名下的田地，仍舊還給你。」

巧筠搖搖頭，「我不會去求他的。」她心知陶澍不肯來管這種閒事，不妨把話說硬些，先為自己占住身分。

劉四嫂卻不明白她的用心，依舊很熱心地勸她：「你不肯去求陶撫台；可以跟陶太太說啊！自己姊妹；她又一向敬重你這個姊姊，只怕不等你開口，她先會問你。」

「等她問到再說。」巧筠想起往事，不免有些氣憤，「以前我也跟她說過，沒有用。我實在不想再跟她說了！而且事隔多年，要想翻案也不容易。算了，算了，總之是我命苦！」

劉四嫂一片熱心，看她毫不起勁，心也冷了；坐得片刻，起身走了。巧筠不免歉然；心裡在想：你們那知道我的委屈？人家根本不願意理我；我又何必去自討沒趣？

由於長沙的陶公祠有個祀典；又因為湖南文武官員排定了歡宴的日程，殷殷相邀；巡撫嵩孚在他做京官時，素有往還，交情很厚，為他預備下公館，更不能不住些日子。此外還有個不能不使陶澍在省城稍作逗留的原因是，翻造印心石屋雖已完工，陳設布置，卻猶有待；為此，汪朝奉從漢口回來後，又特地趕到省城，當面向陶澍說明，決定在長沙住十天再回安化。

「我們寧願在長沙多住些日子。」陶澍笑道：「唐詩：『近鄉情更怯』；我現在才體會到了。」

「情怯的也不止中丞一個人；安化還有。」

陶澍一聽就明白了；想了一會說：「這趟回來，有好些心願要了。如何安置她，也是我的一樁心事。我忝為封疆，自誓不使百姓有一個人流離失所，對他人尚且如此，對她豈能坐視？汪兄，你倒看，這件事我應該怎麼辦？」

「這件事本來不難辦；只為大姑奶奶心裡有病，他人無能為力。」汪朝奉說，「心病還須心藥醫，這味藥，中丞夫人都沒有！」

「你是說，只有我才有這味藥？」

「是的。」

陶澍不作聲，起身蹀了一回方步；突然站住腳說：「只要禮法所許；我又何吝乎這味藥！你說吧！我該怎麼辦？」他緊接著又說：「不過，我要提醒你，這味藥也要她能受才好！」

「當然，當然！所以藥還不能猛。」汪朝奉問道：「不知道大姑奶奶認不認得中丞的筆跡？」

「認得！當然認得。」陶澍答說，「那時我岳父教了幾個學生；有兩個大些的，開筆學做文章，卷子常交我來改。這些事多半由她經手；我的筆跡，她應該很熟悉的。」

「那好！我想仍照原議，請中丞撥一萬銀子存在我典當裡——。」

「慢慢！」陶澍打斷他的話說，「她不是不願受嗎？」

「那是因為她不知道這筆款子，來自何處？現在讓她知道出自中丞的意思，情形就不同了。」

「你是要我寫封信給她？」陶澍大為搖頭，「此非禮法所許。照道理只能由內人出面。」

「不錯！正是請夫人出面；不過要讓她知道，出於中丞所贈。」

「啊！啊！我懂了！怪不得你問我，她認不認得我的筆跡。」

這時汪朝奉已起身走到書桌前面，揭開硯蓋，磨起墨來；陶澍坐了下來，拈毫在手，卻久久不能落筆。二十多年的往事，一齊兜上心來，恩怨都泯，只餘悵惘。

「唉！」他嘆口氣，「也不知道是誰的錯？」

「事到如今，不必深論了，中丞了掉一件心事，我亦能略補疚歉；在夫人也總算對泉下的兩位老人家，有了交代。」

提到故世的岳母，陶澍思緒如潮，信上就有話可寫了。雖然是用他妻子的口氣，其實是訴自己的心聲；回憶往事，下筆不能自休，由反覆感念母恩，說到對巧筠目前的處境特感關切，意思是對她的照顧完全看到慈親的分上。這樣措詞，並不太妥當；汪朝奉心裡倒有些嘀咕了。

「中丞，」他想了一下，很婉轉地說，「她們的姊妹之情，似乎還可以敘一敘。」

陶澍此時的情緒頗為激動，無法冷靜地去體味汪朝奉的絃外之音，只提筆又加了兩句，用秋菱自陳的語氣說：今日雖貴，並不覺得如何快樂，因為還有個姊姊在受苦。汪朝奉心想，這兩句話情意倒是很深，但巧筠一定更感刺激。可是寫已經寫了，也就不便再說什麼。

「那筆款子，我們仍照原議辦。」陶澍又說：「如果我一調江蘇，要畫這一萬銀子，就更方便了。」

接下來，陶澍談到他這一次入覲，皇帝召見，關懷吏治民生，如何殷切，已有暗示，不久可能會將他從安徽調到江蘇。因為安徽與江蘇，在明朝稱為「上江」、「下江」，這也就是「兩江」這個稱呼的由來；陶澍在安徽整理河道很有成績，江蘇方面，亦須同樣整頓，庶幾貫通上下，得收全功。

「如果我調江蘇，你一定要來幫我的忙。」陶澍又申前約，「治河以外，還要整理漕運；再下來，我就要改革鹽務了！非多請人替我謀畫不可。」

「只怕我不足為公之助——。」

「你別客氣。」陶澍搶著說道：「我們最好始終在一起；你不妨捐個道員，以便有比較重要的差使，我可以借重。」

「不！」汪朝奉率直答說：「我不想做官。布衣傲王侯，不是很好嗎？如果中丞覺得我是白身，在官場中諸多不便；我——。」

「不，不！」陶澍又搶他的話說：「你誤會了！我絕沒有嫌你身分的意思。貧賤之交不可忘；糟糠之妻不下堂！這一點，莫非我還做不到？」

青燈黃卷了殘生

強自抑制著滿心的愧、悔、恨，敷衍走了汪朝奉，巧筠關緊房門，將臉埋在布被中，哭出聲來。

多少年來，她學會了一種制止眼淚的方法；實際上亦即是轉移悲傷的方法，到真的無法排遣時，便盡力去想陶澍的冷漠無情；從她殘存的一絲傲氣中，激出一種對陶澍的輕蔑附帶生出賭氣的心理：你別以為你了不起！我偏不把你放在眼裡，你又待如何？就是這種虛浮不實，自己騙自己的想法，掩蓋了她真正的感情，撐持著她的脊梁，讓她不至於倒了下去。

現在，掩蓋和撐持她的東西，被汪朝奉帶來的一封信和一錠銀子奪走了。她在想，果真秋菱要寫信，代筆的人很多，現成就有一個汪朝奉。就算真的一時沒有人，央及陶澍，一定也是簡單明瞭，只把話說清楚了就是，那裡會這樣洋洋灑灑地寫了七張信紙之多？

於此可知，他只是借秋菱的名義來給她寫信而已。他為什麼要這樣做？不是什麼餘情猶在；巧筠的判斷是，陶澍自知過去多少年對她不免過分，藉此表示歉疚。

心中念頭閃電似地一個轉一個，轉到這裡，她怎麼樣也無法去恨陶澍；恨的是自己，為什麼當初就不能退一步想一想陶澍的好處？如果肯稍微想一想，維持婚約不變，又何至於會有今日。

當然，她也恨陶三姑；甚至恨父親。但說到頭來，總是自己的錯；特別是信中提到死去的母親，巧筠更是心如刀絞，母親盡心盡力替她保全的一品夫人的誥封；她偏要硬推給秋菱，那怪誰呢？

於是愧悔自恨以外，還添了一副思親之淚。由下午哭到黃昏；由黃昏哭到夜裡，突然聽得有人在叩門，巧筠一驚，要應聲發問時，發覺自己的雙眼脹痛，知道是哭腫了的；同時想到，必是劉四嫂來探望，此時實在沒有心思來跟她周旋，不如裝睡為妙。

屏聲靜聽了一會，寂無聲息；巧筠轉臉向外望去，窗外月色如銀，映著那錠簇新的元寶，閃閃生光。她的心又痛了；視線又模糊了。

夜靜更深，不敢再哭出聲來，只是伏枕飲泣；漸漸地，心裡空落落地茫然不知所思，只覺困倦乏力，似乎連轉個身都轉不動。

突然之間，巧筠醒來了。最初是一片茫然，不知身在何地，亦不知眼中所見的一片白光，來自何處；腦中空蕩蕩地什麼思想都沒有，唯一的例外是有這樣一個疑問：我是誰？

好久，天外飄來一句答語：你不是孫巧筠？這一下，記憶風起雲湧地出現了；想到不知什麼時候睡著以前的情形，一顆心驀地裡往下一沉，急急轉臉去看，還是那一片銀色的月光，不過本來是從東面瀉進來的，如今換到西面。月光沒有變：月光所籠罩的東西，也正是她想看到的東西，不翼而飛了。

巧筠一骨碌地爬起身來，顧不得趿鞋，跌跌衝衝地撲到桌上，手眼一起搜索，找不到汪朝奉帶來的那個簇新的元寶。

是不是收起來了？她凝神細想；但不必去苦苦回憶，就已可以判定，是遭了竊了，因為她發現房門開了很大的一條縫。

那是確確實實記得的，她不但關了門，還上了閂；後來又有人來敲門，只當是劉四嫂，裝睡沒有理睬。從那時以後，記憶就一斷；也就是睡著了。

可是，房門是在裡面閂上的，小偷在外面怎麼能開？她還是不能相信會遭竊；因為她不相信老天爺會這樣殘忍。於是，又從頭細想，希望是自己將銀子收藏在那裡，只是一時記不起。

想來想去，沒有絲毫印象；偶然抬頭一望，發現天窗上掛下來一條繩子，於是一切都明白了。真有這樣的遭遇！她流著淚在心中自語；真有這樣苦命的人！霎時間從嫁到吳家頭一天開始，所有的拂逆之事，都想了起來；越想越恨，越想越心酸，終於哭出聲來。

夜是最靜的時候，哭聲雖低，仍舊驚醒了圍牆那面的劉四嫂，看一看月色，知道離天亮也不久了，索性起身，去看看巧筠又為什麼傷心？

巧筠不是傷心，是灰心；人生到此，萬念俱灰，她把自己看透了，命薄如紙，就有貴人照應，也還是不會有一天好日子過。為什麼老天爺如此無情？憤為可洩，她那喜歡賭氣的本性又發作了！

「哼！」她自語著，「你以為我會捨不得我這條命，聽任你擺布？你在做夢；我死給你看！你不讓我好好兒活，我死總可以吧？」

她決定用死來作為抗議；轉到這個念頭，便已有報復的快感。於是，毫不遲疑地去拉那根懸在她頸上的，從天窗掛下來的繩子；使勁一扯，只聽「嘩喇喇」一陣響，繩子帶下來一大片泥灰。

劉四嫂奇怪，是什麼聲音？再細聽時，哭聲已止。這就越發令人疑心；急著要來看個明白。進入吳家後園，發現房門半開，便知不好；奔過去推開門一看，床欄上掛著一個人，下半身還在晃蕩。

「來人哪！」劉四嫂極聲狂喊，「救人啊！」

左右鄰居都從睡夢中驚醒，要趕了來卻還有些時候；劉四嫂驀地裡驚悟，片刻耽誤，將成終身遺憾，便大著膽子奔上前去，抱住巧筠的雙腿，向上一聳，圈套脫出，等放到床上，先探鼻息，並無感覺，不由得心就往下一沉。

這時已有人趕到了，第一個是她的丈夫劉四，「怎麼？」他問：「吳太太怎麼了？」

「上吊。」劉四嫂說，「恐怕沒有氣了。」

「胸口呢？」

「是熱的。」

「我來看！」劉四隨手在窗戶上撕了一條紙，用手一搓，成了紙捻，在油燈上點燃了又吹滅，剩下一點火星，持向巧筠鼻孔下面，只見火星由暗紅變為橙黃，也亮得多了。

「還好！還有氣。快倒杯熱水來！」

劉四對急救很在行，等幫忙的人倒了熱茶來，他左手一捏巧筠的下頦；右手用根竹筷撬開牙關，喚他妻子將熱茶灌入巧筠口中，只聽喉頭「嘓」的一聲，熱茶下嚥，隨即看到巧筠張眼；接著「哇」地一聲哭了出來。

「好了！好了！」劉四嫂向她丈夫說，「你請吧！這裡沒有你的事了！讓吳太太靜一靜。」

這話是說給別的鄰居聽的；劉四一走，大家也跟著走了。屋子裡冷冷清清地，仍只剩下平時唯一跟巧筠有來往的劉四嫂。

「好好地，你怎麼一下子想不開了？」

「天下再沒有比我苦命的人了！」巧筠埋怨著，「你們為什麼把我救下來？又害我多受幾天罪！」

救人的命反倒救壞了！劉四嫂剛這麼動念，立刻又想；她這時候的話，何能認真？不過聽她的口氣，非死不可。倒要問問清楚，究竟是何原因？

於是巧筠從汪朝奉來訪談起；一直說到發覺被竊，「我也不怪小偷，他不是有心來偷我的；我那裡還有東西讓他來偷？」巧筠且哭且訴，「也不過剛好經過，見財起意。我想這個小偷也是難得經過，偏偏就會發現有錠銀子在這裡！世界上那裡有這麼巧的事？都是天意！說什麼天無絕人之路？明明是要逼我走絕路！我就走！我一定要走！」

憤激的巧筠幾乎是在大吼；眼淚是沒有了，一雙眼中絕望的神色，看來更為可怖。劉四嫂知道她此時的心境，泛泛之詞，毫無用處；便先不作聲，去倒了一杯熱菜，遞到她唇邊，一面讓她將心潮平伏下來；一面自己在思索，該用甚麼話勸她。

巧筠喝了兩口茶，臉上的神氣，像是平靜了——其實是冷靜了；她已經想過，這樣子激動，只有讓劉四嫂更加警惕。她很熱心，一定找了人來監視，然後去通知汪朝奉；一等汪朝奉知道了這回事，他有的是人，多派幾個來，日夜輪流看守，自己就怎麼樣也死不成了。

「劉四嫂，你請回去吧——。」

「不……」劉四嫂已經想好了，「我有幾句話想跟你說。照現在看，陶撫台對你還是不錯的，當你是他的至親，想要照應你一生一世？」

「他是好意，我太命苦。」巧筠微微搖頭；聲音很低，也很平靜。

這一來，劉四嫂也看穿她心裡的想法了；略想一想，脫口說道：「那你就索性苦到頭；吃苦也要活下去。不然對不起陶撫台。」

「這——？」巧筠不由得睜大了眼，「這話是怎麼說？我現在並沒有做什麼對不起他的事。」

「你要尋死，就是對不起他。他寫了信，送了銀子來，外頭並不知道；只知道當初你做了對不起他的事，他不理你，成了冤家。如今你一尋了死，人家只說是陶撫台把你逼死的。你想，你不是無緣無故害他受冤枉？」

巧筠恍然大悟，原來還有這個道理！想想也不錯；不論如何，人家衣錦還鄉，高高興興的，自己不應該這樣去掃他的興。

「你現在不能死，將來也不能死！」劉四嫂又說：「只要你一死，人家就一定會批評陶撫台、批評你妹妹，說是：喏，總是陶撫台待人刻薄，做到這麼大的官，連個至親都不肯照應；以至於他大姨子不能不尋短見。你想，陶撫台一世的聲名，不是都毀了在你手裡？」

這些話每一個字都敲擊在巧筠的心坎上；現在她才知道，老天爺真是給了她一條絕路，雖無生趣，卻不能求死；吃苦也要活下去，為的是有陶澍在。

這才真的是悲哀！巧筠放聲大哭；哭停了，請了汪朝奉來，提出要求，希望照江南的辦法，替她修一座「家庵」，容她帶髮修行，了此殘生。

汪朝奉勸，劉四嫂勸；後來秋菱也來勸，聲淚俱下，挽回不了她的心。畢竟照她的意思做了。

戲如人生

三十年往事，奔赴心頭，台上秋官的王春娥上場，台下的陶澍已經淚盈眉睫了。

朱士彥一驚，旋即明白，向藩司自責似地說：「是我不好！不該點《雙官誥》；我忘了雲汀家有碧蓮姊。」

「陶中丞家的碧蓮姊，無福再受誥封。」藩司低聲說道：「活著受苦，也是為了陶中丞——。」

語聲飄到隔座，陶澍裝作不聞，只在心中自語：你為我受苦；我又何嘗不為你受苦？

高陽作品集・世情小說系列

印心石 新校版

2023年5月三版 定價：平裝新臺幣320元
精裝新臺幣550元

著者	高陽
叢書編輯	杜芳琪
校對	吳美滿
	吳浩宇
封面設計	兒日

出版者	聯經出版事業股份有限公司
地址	新北市汐止區大同路一段369號1樓
叢書編輯電話	(02)86925588轉5394
台北聯經書房	台北市新生南路三段94號
電話	(02)23620308
郵政劃撥帳戶第	0100559-3號
郵撥電話	(02)23620308
印刷者	世和印製企業有限公司
總經銷	聯合發行股份有限公司
發行所	新北市新店區寶橋路235巷6弄6號2樓
電話	(02)29178022

副總編輯	陳逸華
總編輯	涂豐恩
總經理	陳芝宇
社長	羅國俊
發行人	林載爵

行政院新聞局出版事業登記證局版臺業字第0130號

本書如有缺頁，破損，倒裝請寄回台北聯經書房更換。
ISBN 978-957-08-6875-3 (平裝)
ISBN 978-957-08-6876-0 (精裝)
聯經網址：www.linkingbooks.com.tw
電子信箱：linking@udngroup.com

國家圖書館出版品預行編目資料

印心石 新校版/高陽著．三版．新北市．聯經．2023年5月．
208面．14.8×21公分（高陽作品集・世情小說系列）
ISBN 978-957-08-6875-3（平裝）
ISBN 978-957-08-6876-0（精裝）

863.57 112004599